UN NOTAIRE
PEU ORDINAIRE

☆*m*

BUREAU DES ILLETTRÉS, *roman, 1992*
LE COURS CLASSIQUE, *roman, 1995*
ALERTE, *roman, 1996*
MOTEUR, *roman, 1997*
MONPARNASSE REÇOIT, *théâtre, 1997*
LA CONCESSION PILGRIM, *théâtre, 1999*
LE DRAP, *roman, 2003*
DIEU EST UN STEWARD DE BONNE COMPOSITION,
    théâtre, 2005
PRIS AU PIÈGE, *roman, 2005*
L'ÉPAVE, *roman, 2006*
BAMBI BAR, *roman, 2008*
CUTTER, *roman, 2009*
ENLÈVEMENT AVEC RANÇON, *roman, 2010*
    ("double", n° 87)
UN NOTAIRE PEU ORDINAIRE, *roman, 2013*
LA FILLE DE MON MEILLEUR AMI, *roman, 2014*

Chez d'autres éditeurs

LA TABLE DES SINGES, *Gallimard, 1989*
PUDEUR DE LA LECTURE, *Les Solitaires intempes-
    tifs, 2003*
CARRÉ BLANC, *Les Solitaires intempestifs, 2003*

YVES RAVEY

UN NOTAIRE
PEU ORDINAIRE

✩
m

LES ÉDITIONS DE MINUIT

ISBN : 978-2-7073-2394-1

Les soirs d'été, et jusqu'à l'âge de mon entrée à l'université, ma mère avait pris cette habitude de sortir de l'armoire du salon l'album de famille. Nous nous installions tous les deux à la table de la cuisine pour commenter une à une les photographies. Elle me parlait alors de mes oncles, de mes tantes et de ses cousins.

C'est ainsi que, pour la première fois, j'ai appris l'existence de son cousin Freddy. Elle me l'a d'abord montré jeune homme, assis dans un fauteuil de toile, le visage souriant, sous l'abricotier de cette maison neuve où nous logions, elle et moi, avec ma sœur Clémence, depuis la mort de mon père.

Un autre soir, comme je tournais la page de l'album, je lui ai demandé si c'était toujours lui, debout à la terrasse d'un bistrot.

Il posait à côté de mon père, en habit du dimanche, costume et cravate. Elle m'a répondu oui.

Nous prenions une tisane de tilleul à la fleur d'oranger. La sonnette a retenti. Ma mère a cessé de coudre. Puis elle s'est remise à son ouvrage. Au second coup de sonnette, elle a posé le chemisier de ma sœur sur la boîte à aiguilles, et elle s'est levée. La porte de notre véranda encombrée de pots de géraniums était fermée. Ma mère a longé le couloir et tourné la clé : son cousin Freddy est apparu sur le seuil.

D'abord, elle est restée immobile, sans lâcher la poignée de porte, puis elle s'est tournée vers moi. Elle a éteint la lumière de la véranda en regardant dehors, pour vérifier si les voisins avaient aperçu le visiteur. Ensuite, elle m'a ordonné de me rendre dans ma chambre et d'attendre. Mais je n'ai pas bougé, je voulais savoir qui était là. Elle m'a fait signe de garder le silence, un doigt sur la bouche. Ensuite, elle a parlé avec son cousin, en l'invitant à entrer.

L'homme s'est baissé pour passer sous l'encadrement de la porte. Il a marché, d'un pas pesant, jusqu'à la cuisine, où il s'est installé. Ma mère est restée devant lui, sans un mot. Alors, il a ôté son chapeau de feutre avant de s'asseoir et de poser ses mains sur la table, entre nos deux bols de tisane. Elle lui a demandé de patienter une seconde.

Revenue dans la cuisine, elle a sorti de son enveloppe la lettre reçue le mois précédent, par laquelle Freddy annonçait son retour. Il avait retiré son gilet. Ses doigts tapotaient le bois de la table, entre les bols de tisane à moitié vides. Ma mère a pris place en face de lui : Elle avait bien lu son courrier, mais elle ne s'attendait pas à une visite aussi prompte. Il s'est penché au-dessus des bols, son visage s'est découpé à la lumière du lustre : Il se doutait bien qu'on ne l'attendait pas, mais c'était comme ça, il avait d'abord décidé de venir voir son cousin. Ma mère lui a demandé s'il était au courant que son mari était mort. Freddy a fait non de la tête : Il ne savait rien. Durant toutes ces années, il avait reçu très peu de courrier, aucune lettre de la famille, donc encore moins les avis de décès. Il s'est adressé à ma mère en l'appelant par son prénom, Martha, et il a demandé où mon père était enterré.

Elle a remis la lettre de la prison dans son enveloppe. Elle a dit : La tombe est au cimetière, c'est évident, non, Freddy ? Son cousin a voulu savoir comment il devait s'y prendre pour reconnaître la tombe, si par hasard il lui prenait l'envie de s'y recueillir. Le chemin du cimetière, il le connaissait, mais, parvenu devant la chapelle, quelle direction ? À droite ou à gauche ? Elle a fait la remarque qu'après quinze ans d'absence, elle comprenait, mais ce n'était quand même pas sorcier de trouver une tombe avec un nom.

À la façon dont elle m'avait parlé de son cousin Freddy, j'avais tout lieu de croire qu'il ne savait pas vraiment lire et qu'il était tout juste capable d'écrire. Il a répété qu'il n'avait pas reçu beaucoup de visites. Il a tendu la main pour repousser un bol, manches de chemise relevées, en découvrant son avant-bras couvert de tatouages, mais c'est à peine si ma mère a baissé les yeux.

Enfin, il s'est intéressé à moi. Il a demandé mon âge, en ajoutant que je devais avoir à peine trois ans quand il avait quitté la maison et l'entreprise de mon père. Je ne me souvenais de rien. Je l'ai dit. Impossible pour lui de concevoir, a-t-il repris, que je puisse me souvenir, et je me suis avancé sous la lumière du lustre. Ma mère m'a retenu d'un geste. Elle a détourné la conversation en lui demandant s'il comptait rester longtemps en ville, mais ça semblait intéresser notre cousin de parler avec moi. Il a dit qu'il n'avait pas eu l'occasion ces dernières années de s'adresser à un garçon à l'allure aussi sympathique. Il m'a souri de nouveau, en triturant son chapeau de feutre.

Des aboiements nous sont parvenus. Freddy a tendu l'oreille, il a demandé à ma mère si elle n'aurait pas une écuelle d'eau pour son chien, qu'il avait pris soin d'attacher dans la cour, a-t-il noté, pour ne pas déranger.

Ma mère a haussé les épaules. Elle lui a demandé pourquoi il avait un chien, s'il n'avait pas déjà assez de sa propre personne, mais Freddy a fait comme s'il n'avait rien entendu. Il a redemandé à boire pour cet animal. Ma mère avait hâte de le voir partir. Elle s'est levée. Elle a sorti un bol du buffet. Mais son cousin a précisé, Martha, qu'une vieille casserole suffirait. Peut-être, elle en avait au sous-sol. Ma mère a dit que non, pas question, et elle a sorti un bol. Il a alors décrété, en se rasseyant, et en me désignant d'un geste de la main, que ce serait moi qui irais donner à boire au chien. Je me suis avancé une nouvelle fois et j'ai dit que ça ne me dérangeait pas. Freddy a tourné la tête : Dis donc, Martha, tu l'entends gémir, ce chien, là-dehors ? Elle a évité son regard. Elle est partie chercher une casserole usagée au fond du buffet, dans l'arrière-cuisine, et le cousin Freddy m'a souri en croisant les jambes pour se mettre à son aise. Mais il ne voulait pas s'attarder, il était simplement venu dire un petit bonsoir. Ma mère a posé la casserole sur la table.

J'ai pris la direction des escaliers, mais auparavant, j'ai fait un détour par la chambre de ma sœur. Elle avait passé la soirée au cinéma avec Paul, le fils du notaire. C'est Paul qui l'avait raccompagnée après la séance. Je me suis étonné à voix haute qu'elle soit rentrée si tôt, parce que, d'habitude, elle passait la soirée entière chez le notaire, maître Montussaint, qui la ramenait en voiture après lui avoir offert une tasse de thé. Elle était assise sur le lit, et feuilletait une revue, la radio en sourdine. Je lui ai dit : Bonne nuit, Clémence, mais elle n'a pas levé les yeux. Elle a poursuivi sa lecture, et je suis descendu dans la cour.

Le chien était attaché au tronc de l'acacia près du jardin. Je me suis avancé. Il a aboyé.

J'ai posé la casserole devant lui. Il a tiré sur sa laisse en remuant la queue, et quand j'ai voulu m'approcher, il s'est mis à grogner. Une main s'est posée sur ma nuque. Freddy a pris la casserole en disant qu'il allait me montrer. Il a donné des caresses sur le flanc de l'animal en lui parlant. Il lui disait qu'il était un joli chien et que, s'il voulait un peu d'eau, il devait se tenir tranquille.

Le chien a gémi. Notre cousin a posé la casserole devant lui et il l'a regardé boire. Il l'avait trouvé à sa sortie de prison, devant l'arrêt de bus, c'était certainement un chien abandonné, parce que son maître ne l'avait pas réclamé. En même temps qu'il me parlait, notre cousin scrutait les alentours. J'ai levé les yeux vers la fenêtre. La silhouette de ma mère a disparu derrière les persiennes.

La porte de la cuisine a claqué. J'ai entendu le pas de ma mère sur le carrelage du couloir et sur le parquet de la salle à manger. J'ai aperçu ensuite la lumière qui grandissait dans la cuisine, et qui disparaissait, preuve qu'elle était entrée dans la chambre éclairée de ma sœur.

En regardant les photographies, un autre soir, elle m'avait dit ceci : Si, un jour, je rencontrais son cousin dans la rue, que ce soit par hasard ou parce qu'il me cherchait, je devrais refuser tout contact. Elle avait ajouté que, dans ce cas, le mieux serait pour moi de changer de trottoir. Je lui avais demandé pour quelle raison il était interdit de parler à son cousin. Elle avait répondu, à voix basse, qu'elle n'avait pas à me donner d'explication, mais si elle me disait cela, c'était parce que, d'une semaine à l'autre, il allait sortir de prison. La fois suivante, seulement, elle a parlé du viol de la petite Sonia.

Je suis revenu vers le chien, dans la cour. Notre cousin s'était accroupi. Il serrait l'animal contre lui et le chien lui léchait le visage. Il s'est tourné vers moi : Faut pas avoir peur, il n'est pas méchant, m'a-t-il assuré. Il a levé les yeux en direction des persiennes, il a regardé de nouveau autour de lui et il m'a demandé si, derrière chez nous, c'était toujours le jardin. J'ai répondu oui, on avait aménagé une tonnelle au bord du ruisseau, à côté de la remise. Il a hoché la tête en continuant de fouiller les ténèbres. Il m'a demandé enfin si j'étais toujours là le soir. Je n'ai pas répondu. Il a dit : C'est à cause du chien, j'ai l'impression qu'il t'aime beaucoup.

Après son départ, ma mère ne m'a pas dit un mot. Elle m'a entraîné de nouveau dans la cuisine et elle m'a demandé de m'asseoir. Elle a sorti un autre album et elle l'a ouvert devant moi. Le grand livre contenait des photos scolaires, des groupes d'élèves avec leur professeur. Elle a tourné les pages et s'est arrêtée devant un groupe d'enfants. J'ai reconnu ma sœur. C'était inscrit en bas à droite, sur une pancarte, au pied des élèves du premier rang : École maternelle. Grande section. Ma mère a posé son index sur un visage. Elle a dit : C'est elle, c'est la petite Sonia.

Le brigadier de service à la gendarmerie a d'abord reposé sa tasse. Ensuite, il a demandé à ma mère de quoi elle parlait, et si elle voulait bien s'expliquer plus lentement. Elle a répété sa question : Pourquoi ne l'avait-on pas informée du retour de son cousin ? Le gendarme a fouillé dans une pile de dossiers posée sur son bureau, à côté de la cafetière électrique et de la boîte de sucres, en déclarant qu'il n'était pas au courant.

Ma mère s'est avancée : Elle ne le croyait pas. Il savait très bien de quoi il s'agissait. Le gendarme a consulté une chemise en carton ouverte devant lui, il a jeté un regard à ma mère : Effectivement, madame Rebernak, vous avez raison, votre cousin a été libéré il y a une semaine... Mais rien de plus.

Le gendarme est parti chercher un autre dossier dans la pièce voisine. À son retour, il l'a invitée à passer dans son bureau en lui désignant une chaise. Cette fois, il comprenait le sens de sa visite. Il a soupiré, puis appelé un collègue, mais il n'y avait personne. Il a froncé les sourcils en contemplant ma mère. Je connais votre situation, malheureusement, ni vous ni moi, nous ne pouvons aller contre la décision du juge. Votre cousin, madame Rebernak, a le droit d'aller et venir, cependant, au moindre problème, il retourne d'où il sort... Pour l'instant, il n'y a rien à signaler. Elle a répondu que, quand il travaillait avec son mari, personne n'avait jamais rien eu à lui reprocher, et ça s'était produit. Mais selon le brigadier, elle n'avait rien à craindre, elle était sous la protection de la loi.

Il s'est proposé pour une ronde en camionnette, deux fois par jour, mais ma mère n'avait pas besoin de ronde. Si mon cousin a envie de recommencer, franchement... ce n'est pas votre camionnette... Le gendarme s'est de nouveau concentré sur le dossier. Il a hoché la tête. Il comprenait, mais il allait vérifier quelque chose, parce que... Il a réfléchi... Après tout, elle avait peut-être raison, alors il s'est levé en se demandant à haute voix pourquoi son collègue n'était pas là, puis il a appelé dans la pièce voisine, ensuite, il est revenu avec une troisième chemise cartonnée. Ma mère s'est penchée au-dessus du bureau. Il a dit que c'était mieux pour elle, si elle ne regardait pas le dossier, à cause des photos. Mais la chemise était ouverte sur le portrait de Freddy, quinze ans de moins. Comment, s'est-elle demandé, mon mari a-t-il pu l'embaucher ? Elle s'est souvenue de son mari, devant la maison, annonçant qu'il prenait Freddy à l'essai dans l'entreprise de serrurerie. Pour quinze jours. C'est ton cousin, Martha, ne l'oublie pas, il n'a plus que toi. Tu sais ce que c'est... Elle avait refusé.

Le gendarme lui parlait. Il tendait un imprimé : ...Ceci pour vous donner la preuve, madame Rebernak, que nous surveillons ses allées et venues. C'est écrit là : Conduite exemplaire. Pour l'instant, il est hébergé dans un foyer-logement derrière la mairie. Elle n'a pas lâché prise : Dans ce cas, comment l'empêcher de venir sonner à ma porte à dix heures du soir ? Le gendarme a

19

répondu qu'il ne pouvait pas mettre un policier en permanence derrière chaque citoyen. Mais elle n'était pas d'accord. Elle consulterait un avocat, et s'il le fallait, elle prendrait rendez-vous chez le juge.

Le gendarme a regagné sa place : Inutile, madame Rebernak, vous ne pouvez pas lui interdire de circuler, c'est un principe de base. Votre cousin est un citoyen comme les autres... Elle s'est exclamée une nouvelle fois. ...Eh oui, comme les autres, a repris l'officier, il a purgé sa peine... Il a refermé la chemise en carton et il s'est relevé... Mais attention ! Il sait aussi qu'à la moindre récidive, il y retourne. Maintenant, si ça ne tenait qu'à moi, vous savez... Il a poussé sa chaise par le dossier et il a retiré son képi du portemanteau.

Ma mère l'a repris : ... Si ça ne tenait qu'à vous ? Le gendarme a rouvert la chemise et il a contemplé la photo de Freddy posée sur le bureau... Si ça ne tenait qu'à moi, je ne perdrais pas mon temps, et je ne le ferais pas perdre au juge ... Vous avez des pays, madame, on ne se pose pas tant de questions... Ma mère s'est levée à son tour. Sans un mot, cette fois, les lèvres serrées... Ils ont quitté le bureau. Elle a repris : Si elle ne se trompait pas, il était bien sous contrôle judiciaire, non ? il n'avait pas le droit d'entrer en contact avec les proches de sa victime ? Le gendarme a dit oui. Il est venu hier soir, a répliqué ma mère, donc... vous pouvez l'arrêter, il est venu, je vous dis.

L'interdiction d'approcher est levée, a répliqué le gendarme, quinze ans de bonne conduite, madame Rebernak, ça pèse dans la balance.

Alors c'est comme ça, il a le droit d'aller et venir... ? Le gendarme a passé sa main sur le galon argenté de sa veste d'uniforme noire... Il a répété : ... D'aller et venir où il veut, comme il veut, et quand ça lui plaît.

Freddy tombait des nues. Sa cousine qui exigeait de lui qu'il quitte la ville ! Qu'il ne remette pas les pieds à la maison ! Alors qu'il était simplement venu faire une petite visite un soir. Il ne comprenait pas, mais alors pas du tout, il n'avait rien fait de mal depuis sa sortie. Mais elle n'en démordait pas. C'est pour cela qu'elle était venue, accompagnée par Dietrich, l'éducateur de justice.

Le souhait le plus cher de ma mère était de le voir partir. À tout jamais. Sur-le-champ. Mais elle voulait en parler devant témoin. Elle l'a précisé en se tournant vers Dietrich : Elle avait aperçu, pas plus tard que la veille, Freddy en train de rôder du côté du lycée de jeunes filles. Dietrich a voulu savoir quel lycée de jeunes filles, et ma mère a dit : Le lycée Sainte-Jeanne-Antide.

Dietrich a répondu que Freddy n'était pas tout seul à attendre les lycéennes à la sortie des cours. Peu importe, a repris ma mère, vous n'allez pas me dire qu'après quinze ans de prison c'est un hasard si on se plante devant la sortie d'un lycée de jeunes filles. Mais, d'après l'éducateur, l'interdiction d'approcher les écoles n'était pas mentionnée dans le livret de suivi. Alors là, on peut discuter, a dit ma mère, et Dietrich a donné son avis : C'était normal d'avoir des craintes, mais il n'y pouvait rien. Son souci, c'était la réinsertion. Inutile de contourner la loi, notre cousin avait droit à une seconde chance. Dietrich s'étonnait même que ma mère n'y ait pas songé, et qu'elle ne prenne pas en compte le désarroi de Freddy.

Un crissement de pas sur le gravier, tout juste perceptible, a réveillé ma mère au milieu de la nuit. Quelqu'un marchait dans la cour, directement sous sa chambre. Mais peut-être aussi, ça provenait du sous-sol. Elle dormait, fenêtres ouvertes, persiennes closes. Elle s'est levée, elle a poussé un volet et attendu, debout, face à l'obscurité.

Elle a enfilé sa robe de chambre, entrouvert le deuxième volet dans un grincement de persiennes. Une silhouette a bougé en contrebas, à la limite du jardin, devant le massif d'hortensias. Les feuilles s'agitaient sous la lune. Puis, un nouveau bruit de pas. Ça semblait hésiter. Elle a pris appui sur le rebord de la fenêtre, pour mieux voir, en retenant sa respiration. Personne. Elle a traversé la salle à manger pour se rendre dans la chambre de Clémence. Sa fille dormait. Elle s'est dit, ce serait plus prudent de téléphoner aux gendarmes. Mais elle a pris les escaliers, dans le noir, en inspectant d'abord le sous-sol avec sa lampe électrique, sans bruit, puis elle a fait le tour du jardin.

En quittant l'allée des hortensias, elle a aperçu le chien de son cousin, assis devant la porte, immobile. Elle a frappé dans ses mains. Le chien est parti vers la grille qu'elle a ouverte et il est ressorti. Elle est retournée voir Clémence. Elle l'a réveillée par une caresse sur le visage. Sa fille avait-elle entendu quelque chose ? Clémence a dit non, elle dormait. Elle s'est assise.

Ma mère a voulu savoir s'il ne s'était rien passé depuis la semaine précédente, à la sortie du lycée. Clémence a regardé autour d'elle, en remettant de l'ordre dans ses cheveux. Mais non, il ne s'était rien passé. Ma mère est revenue dans la cuisine, elle a frappé à ma porte, et elle m'a demandé si j'avais entendu quelque chose. Je ne savais pas de quoi elle parlait. Elle a dit : C'est pour savoir... Mon cousin Freddy, tu ne l'as pas vu ? J'ai répondu en me retournant dans mon lit que j'avais sommeil, et

25

j'avais besoin de dormir. Elle a refermé la porte.

Le mieux : Téléphoner à la gendarmerie. Elle a attendu dans la véranda, au cas où. Un quart d'heure plus tard, l'officier claquait la portière de la camionnette bleu marine devant la maison. Son collègue est resté au volant. Ma mère a demandé pourquoi il ne descendait pas. Le brigadier a dit que le maréchal des logis Ropp aimerait bien passer une nuit tranquille, sans être ennuyé par les histoires de famille de certaines personnes, et comme ma mère insistait pour lui raconter ce qui venait de se produire, il a répondu qu'il fallait bien se mettre dans la tête qu'il y avait encore un suivi de justice, qu'un éducateur, Michaël Dietrich, s'occupait des anciens détenus, et qu'il le faisait très bien. En attendant, fallait quand même être gonflé pour déranger une brigade pour un chien assis au milieu de la cour, qui ne fait aucun mal, évidemment. Le brigadier a ajouté qu'il n'allait quand même pas mettre une amende au chien pour violation de propriété privée et pour tapage nocturne. Il a rappelé à ma mère que la peine de notre cousin avait été commuée, et que, ni lui ni son collègue, c'est-à-dire l'officier à qui ma mère avait tenu la jambe toute une matinée, n'y pouvaient quoi que ce soit. C'était la loi, et qui pouvait aller contre la loi ? D'ailleurs, ma mère avait dû recevoir une convocation du juge, si je ne me trompe pas, madame Rebernak. Et madame Rebernak est partie à la cuisine chercher l'enveloppe du ministère de la Justice. Elle est revenue, elle l'a posée sur la table de jardin sous l'acacia, et elle a déclaré qu'elle ne plierait pas.

L'aube se levait. Elle s'est proposée pour un café. L'officier a dit qu'il la remerciait, mais il n'avait pas dormi de la nuit. Elle l'a raccompagné à la camionnette. L'autre gendarme, resté dans le véhicule, l'a contemplée de sa position surélevée : Si j'étais à votre place, madame Rebernak, j'y réfléchirais par deux fois, c'est peut-être l'occasion d'évoluer un petit peu. La situation est différente aujourd'hui d'il y a quinze ans. Ma mère n'a rien dit. Il a poursuivi : Je vous signale que votre cousin a été expulsé du foyer-logement. Je crois que c'est par manque de place. Lui n'a rien fait de mal. Pour l'instant, il campe derrière le stade, et je crois que le juge a une idée derrière la tête vous concernant.

L'éducateur de justice est venu voir ma mère un matin dans la salle de physique du collège. Il était accompagné par l'intendant qui a demandé à son agent de service si elle n'aurait pas une petite minute à consacrer au visiteur, puis il a disparu. Elle est sortie de la salle de classe, son chiffon à la main, refermer la porte des toilettes des filles à l'extrémité du couloir, pour faire cesser un courant d'air, et elle est revenue dans la salle de classe poser son chiffon. L'éducateur s'est présenté, en s'excusant de la déranger en plein travail, et ma mère a ôté ses gants de caoutchouc. Mais en passant devant la fenêtre, elle a aperçu Freddy dans la voiture grise du ministère de la Justice, et elle s'est demandé ce que, vraiment, son cousin faisait là. Dietrich a voulu répondre. Elle a poursuivi : Sa présence, là en bas – elle a eu un geste vague de la main en direction de la voiture –, c'est inadmissible ! Elle se demandait aussi quand le bureau des remises de peine allait cesser de lui envoyer des lettres de demande d'entretien, parce qu'elle pensait avoir suffisamment donné, non ? Les parents de la petite Sonia, qui ont quitté la ville il y a quinze ans, ont eux aussi, assez donné, non ? Elle a repris son chiffon, son vaporisateur, et elle a frotté le dallage de la table au premier rang.

L'éducateur avait ôté sa veste. Il la tenait entre ses mains. Il a demandé si ce serait possible de discuter tranquillement... Elle ne pouvait pas savoir quelle était la raison exacte de sa visite, puisqu'il n'avait encore rien dit. Mais maintenant, il pouvait l'annoncer : Il était venu régler un problème.

Quel problème ?

Vous avez reçu ma lettre ?

Ma mère a dit oui.

Votre cousin est rayé des listes du foyer-logement. Faute de place. Elle a poursuivi le nettoyage des tables. À grands coups de vaporisateur. Dietrich a repris : Les services sociaux l'ont relogé derrière le stade, dans un vestiaire désaffecté. On a installé des couvertures, un lit de camp. Le secrétaire de mairie est venu me voir, il m'a dit, vous ne pourriez pas faire quelque chose, non ?

Ma mère a posé son chiffon. Elle lui a tendu un tabouret d'élève à plateau tournant. Dietrich s'est assis : Bien entendu, je suis d'accord avec le secrétaire de mairie, on peut toujours faire quelque chose... De la pointe de ses chaussures, il a fait tourner d'un quart de tour, dans un long grincement, le plateau du tabouret. Vous savez, madame Rebernak, que Freddy n'a pas commis le moindre acte suspect depuis sa libération... Ça, il faut le reconnaître, votre cousin, c'est peut-être un simple d'esprit, un peu brut de décoffrage, je suis d'accord... En attendant, sa conduite est irréprochable. Et, vu les circonstances, cet homme, qui est votre parent, et qui n'a pas de famille, ici, dans cette ville, dans ce pays, sa responsabilité vous incombe.

Elle a soupiré : Et quoi encore ?

S'il avait de la famille ailleurs, madame Rebernak, a repris Dietrich, je ne me tournerais pas vers vous, mais voilà... Freddy est sans ressources. Remarquez, on peut encore faire un effort et lui trouver un stage à la mairie, il peut s'occuper des ordures ménagères, ça c'est possible, mais il nous reste le logement... Alors, je ne dis pas que vous devez le reprendre à la maison. Mais votre cousin, lui, il faut le savoir, n'a pas le choix, il n'a personne. Ne pas répondre, c'est comme si vous le jetiez à la rue.

Elle a posé son chiffon pour fouiller dans son sac rangé sur le bureau du professeur. Elle en a sorti un carré de papier qu'elle a déplié en revenant vers Dietrich. Elle lui a montré le visage souriant de la petite Sonia sur la photo usée, publiée dans le journal au moment des faits. Elle l'a posée sous les yeux de l'éducateur, et elle s'est rassise. Il a contemplé la photo. Ma mère a regardé par la fenêtre. Elle observait son cousin, malgré la distance. Elle a dit : Je vois où vous voulez en venir... Je ne peux pas l'accepter sous mon toit, il faudrait me couper la main.

Il a pivoté d'un nouveau quart de tour pour poser la photographie sur la table. Il a répondu qu'il avait sa petite idée là-dessus, et qu'elle ferait peut-être mieux de réfléchir.

Mais pourquoi devait-elle réfléchir puisque sa décision était prise... ?

L'éducateur a posé les mains à plat sur la table. Il les a contemplées. Je ne sais pas, madame Rebernak, si vous avez déjà entendu parler de suivi médical. J'ai parlé au juge, j'en ai débattu avec le médecin, aucun des deux n'a affirmé qu'il était dangereux. Vous savez ce qu'il fait de ses journées ? Il va à la pêche, madame.

Ma mère lui a demandé ce qu'il voulait au juste puisque, de toute façon, il n'était absolument pas question que Freddy loge à la maison. Elle n'allait pas le répéter des centaines de fois. Elle a soupiré : Vous me prenez pour qui ?

L'éducateur a dit que la justice ne lâchait pas au hasard les détenus dans la nature. Les dossiers se traitaient en toute sécurité désormais, et ma mère a répondu : Il n'y aura pas de sécurité pour Clémence tant que cet homme sera en vie. Dietrich a regardé ma mère : Quand même, madame Rebernak, vous y allez un peu fort. Elle a baissé les yeux, elle a dit qu'elle en avait assez. Elle a terminé la dernière table. Elle ne voulait pas le mettre à la porte, mais, c'était l'heure... Il a quitté le tabouret et remis sa veste.

La cour du collège était déserte. Dietrich a attendu qu'elle sorte du garage à vélos avec son cyclomoteur. Elle a rangé le tablier dans une sacoche, sa bouteille d'eau minérale et son sac dans l'autre. Elle n'avait pas beaucoup de temps. Le travail reprenait dans deux heures. On l'attendait aux cuisines du lycée professionnel pour le repas du soir. Il a demandé depuis quand elle travaillait au collège ? Depuis la mort de mon mari. Elle a noué son foulard autour du visage. Elle a défait l'antivol, sorti le cyclo, de la cour jusqu'à la grille, puis elle est partie, mais sans le mettre en marche, et l'éducateur l'a accompagnée le long du gymnase. Il a dit : Les larmes, ça ne sert à rien, c'est trop tard pour regretter, de toute façon ça ne change pas grand-chose...

Elle a contourné une flaque d'eau devant la serrurerie Courtois, le dernier associé de mon père, en faisant remarquer à Dietrich qu'il n'y avait pas de larmes, qu'il n'y en avait jamais eu. Il marchait toujours à sa hauteur. Elle est montée sur le trottoir, en soulevant le guidon, pour prendre le raccourci à travers le parking des transports Guinchard. Elle ne comprenait rien à ce qu'il disait, elle ne voyait qu'une chose, c'était la suite. La suite pour sa fille Clémence et pour son fils. Elle n'avait rien d'autre au monde que sa fille et son fils.

Il faut savoir pardonner... Je le pense sincèrement, madame Rebernak... a repris Dietrich. Elle poussait son cyclo : Mon mari est parti, c'est tout ce qu'elle a dit.

Soudain, il s'est souvenu avoir laissé sa voiture, et Freddy, à l'intérieur, devant le collège. Il a levé les yeux au ciel. Il a regardé sa montre. Ils reparleraient de tout ça une autre fois. Elle devait comprendre, elle, de son côté... Faire un effort... Il a tendu la main du côté du collège, en écartant le bras, dans un effet de manche : ... C'est un être humain, lui aussi, il a seulement besoin d'un logement et d'un peu de stabilité.

Elle s'est arrêtée de pousser, elle a dit : Vous l'avez vu... ? Moi, je l'ai vu ! Pas un mot de regret. Ah si ! Il m'a reproché mon absence à la prison, dans le parloir, avec mon mari ! Elle a quitté le parking et rejoint la route. C'était incompréhensible, qu'il soit revenu, qu'il ait décidé de frapper à sa porte...

Dietrich a annoncé qu'il retournait prendre sa voiture. Je ne vous demande pas de l'héberger sous votre toit, madame Rebernak, je dis qu'on peut faire autrement... ! Vous avez bien une petite remise au fond du jardin ? Il pourrait aller et venir, sans vous déranger. Elle a stoppé net. C'est une plaisanterie ? Puis elle lui a tourné le dos, elle s'est courbée pour atteindre l'arrivée d'essence, elle a enfourché son cyclo en pédalant et lancé le moteur. Jamais son cousin n'habiterait le garage au fond du jardin. D'ailleurs, elle se demandait comment une idée aussi stupide avait pu germer dans la tête d'un éducateur.

Je me rendais au collège en descendant de la gare, après une demi-journée passée dans les bureaux de l'université de la ville voisine. J'ai aperçu Freddy dans la voiture, devant le gymnase. Le temps d'une pose, j'ai observé le visage de notre cousin, assis sur le siège. Ses doigts tapotaient le tableau de bord. Enfin, il a baissé la vitre. Il m'a demandé comment ça allait depuis sa visite, puis il a posé les yeux sur le dossier d'inscription à l'université. Je venais le présenter à ma mère pour qu'elle signe mon document d'emprunt-étudiant et ma demande de bourse. Mais j'arrivais trop tard, le cyclomoteur n'était plus là. Au loin, j'ai aperçu Dietrich qui sortait à grands pas du parking des transports Guinchard.

Freddy m'a demandé si j'accepterais de prendre un verre avec lui au Jolly Café, ou tout simplement au bar de la station-service Shell, à la sortie de la ville, où je travaillais comme veilleur de nuit, depuis la fin des cours au lycée. J'ai pensé à ma mère. Mais j'ai dit : Pourquoi pas ? Il m'a demandé ensuite si j'accepterais vraiment de discuter avec lui, et si je connaissais son histoire... J'ai dit évidemment, je suis au courant. Il a hoché la tête : C'était bien la vie, avec ton père. On allait à la pêche... À la chasse... J'ai répondu oui, c'était bien avec mon père.

L'album de famille sous le bras, elle est entrée dans la chambre de Clémence. Elle l'a posé sur la coiffeuse, puis elle l'a ouvert à la page marquée d'un signet : la photographie de son cousin. Celui-là, a-t-elle dit, il ne faudra jamais oublier sa tête... Ce n'est pas parce qu'il sourit ! Ne t'y fie pas. Dietrich lui-même l'a reconnu, on lui donnerait le bon dieu sans confession.

Puis une autre photo, dans l'entreprise de serrurerie. Elle a poussé l'album sous les yeux de Clémence, qui n'a d'abord pas dit un mot. En tournant les pages, elle a désigné son mari : Ton père, Clémence, il avait quarante-deux ans. Et ça, c'est la porte de l'entreprise. Ici, à côté du poste de soudure, en costume-cravate : maître Montussaint. Tu reconnais le père de Paul ? Il fait plus jeune qu'aujourd'hui, non ? Et sur la remorque, à droite, c'est Freddy. Ce jour-là, le notaire est venu chercher ton père parce qu'il avait perdu les clés de son coffre-fort, et c'est ton père qui a percé le coffre au chalumeau. Clémence a répondu qu'elle le connaissait par cœur, cet album. Qu'on lui avait raconté mille fois l'amitié de maître Montussaint et de notre père. Ma mère a poursuivi : ... C'est le matin où Freddy a débarqué, en auto-stop, seul, avec son sac à dos, il a sauté de la cabine d'un camion qui l'a déposé devant les jardins de la maison de retraite. Il nous a demandé l'hospitalité, et ton père n'a pas su refuser, alors, écoute-moi bien, Clémence – elle a planté son index sur le visage de Freddy –, en aucun cas, tu ne le laisses approcher, je ne veux même pas que tu parles avec lui. On m'a signalé qu'il traînait en ville du côté des bars, donc tu ne vas pas du côté des bars. Je me suis laissé dire aussi qu'il attend les filles à la sortie du lycée, il est toujours là à dix-sept heures, devant la loge de la concierge, et quand on lui demande ce qu'il fait là, à traîner ses guêtres, il répond qu'il a le droit d'aller où ça lui plaît. Alors, ne caresse pas son chien stupide, qu'il a toujours avec lui. Sais-tu pourquoi ces gens-là ont toujours un chien avec eux ? Pour susciter la sympathie, c'est ce qu'a dit le gendarme.

Clémence a rangé des copies dans son classeur. Elle n'en avait rien à faire de Freddy, et elle parlait avec qui elle voulait. De toute façon, elle ne le connaît même pas. Elle ne lui a jamais adressé la parole.

Ma mère a repris : Dorénavant, elle devrait revenir directement à la maison le soir en sortant du lycée, et Clémence a répondu qu'elle avait besoin de discuter avec ses copines, avec Paul aussi, parfois aussi avec le père de Paul. D'accord avec tes copines, et Paul, mais lui, là, tu ne le laisses pas approcher. Il était encore là dehors hier soir, à jouer à la balle avec son chien, devant la grille, à faire des allers et retours.

Dietrich est revenu. À la maison, cette fois. Il s'est annoncé en claquant la grille et en montant les escaliers quatre à quatre. Il a donné un coup de sonnette. Ma mère a ouvert la porte de la véranda. J'ai une grande nouvelle à vous annoncer, madame Rebernak ! Il a demandé s'il pouvait entrer pour lui exposer la situation. Il a fait un pas dans le couloir, tout en parlant. Elle l'a laissé s'avancer dans la salle à manger, sous le trophée de chasse de mon père : une tête de biche, qui ornait le mur de la pièce, à côté de l'emplacement laissé vide de la carabine, prêtée après le décès, en guise de souvenir, au notaire, maître Montussaint, qui était aussi président de la société de chasse. Et sous l'emplacement vide, la photographie de ma sœur, dans un cadre doré, un écureuil mort entre les mains.

Le regard de l'éducateur a effleuré les yeux marron de la biche, pour se fixer sur ma mère. Il s'est frotté les mains : Freddy et son chien, je les ai relogés à la maison de retraite. Ma mère a tourné la tête vers la fenêtre qui donnait sur la pelouse des voisins, et, plus loin, sur la route nationale. Vous n'allez quand même pas l'installer à deux cents mètres de chez moi ? De l'autre côté de la route ? Il a hoché la tête : Si, madame Rebernak, dans les jardins de l'hospice. On a trouvé une solution.

Elle est sortie avec Dietrich dans le fond du jardin, mesurer la distance entre sa propriété et le clocher de l'hôpital Sainte-Croix, qui jouxtait la maison de retraite. Elle a aperçu le chien, puis son cousin assis sur son banc devant une cabane de jardinage. Elle a dit : Il ne va quand même pas passer l'hiver dans cette cabane ? L'éducateur a répondu qu'on aménagerait l'endroit. Comme ça, il serait sur place pour travailler dans le potager de l'hospice. Elle a ouvert la barrière du fond. Ils ont traversé la nationale. Elle s'est approchée, le chien est venu à sa rencontre. Ils ont parlé, elle et son cousin. Elle a demandé à Freddy s'il ne préfè-

42

rerait pas retourner d'où il venait. Ensuite elle lui a ordonné de ne pas approcher de la maison. Elle lui a dit : La frontière, pour toi, c'est cette route nationale. Interdit de passer cette ligne. Ni toi ni ton chien. Il a répondu oui.

En quittant la maison de retraite, ils ont pris la direction de la mairie, et Dietrich l'a invitée à entrer dans son bureau. Il lui a parlé de la collecte d'habits organisée par le Secours Populaire pour son cousin. Si vous avez des vêtements hors d'usage à la maison, madame Rebernak, ce serait peut-être le moment. Ma mère, soulagée par la certitude que Freddy n'habiterait jamais chez elle, a répondu qu'elle pourrait peut-être consentir à un effort. Mais elle a bien dit : Peut-être... En ajoutant : Nous verrons, si ce ne serait pas possible de lui trouver les habits de mon mari. En aucun cas, mon fils ne les portera, autant dire qu'ils ne serviront donc jamais. Mon mari n'avait pas la même corpulence que notre cousin, il était moins fort, mais je pense que Freddy, aujourd'hui, pourrait entrer dans ses chemises. De plus, personne ne pourra dire désormais que j'aurai refusé de tendre la main à mon cousin.

Revenue à la maison, elle a fouillé dans l'armoire à glace de sa chambre, d'où elle a sorti une couverture pour l'hiver, un linge de toilette, une pile de chemises rangées dans un sac en papier. Le tout dans une petite valise. Elle est revenue le soir même. Elle a parlé avec Dietrich en lui présentant le sac en papier contenant les chemises de mon père : Elles pourraient lui aller, elles seraient agréables à porter, celles à carreaux surtout, pour travailler au jardin de l'hospice, et les autres, les blanches, pour le dimanche. Elle a ajouté une paire de chaussures, qui, peut-être, conviendrait.

Dietrich a remercié ma mère. Il a saisi l'occasion pour lui annoncer qu'il changeait de district et qu'il allait donc quitter la ville. Il a tendu son avis de mutation en ajoutant qu'il avait le sentiment d'avoir accompli un bon travail, qu'il était heureux de quitter ma mère dans ces conditions, puisque, de toute façon, ils ne se reverraient plus.

Le samedi matin, ma mère est passée vérifier si Freddy était bien au bord de la rivière. Elle a d'abord repéré le vélo prêté par la maison de retraite, appuyé contre le tronc d'un arbre au bord de la route, puis, derrière les buissons, son cousin et son chapeau de feutre.

Il avait planté une canne à pêche en bambou, fixée dans la terre, le long de la rive. Ma mère s'est demandé, en regardant le fil de pêche qui brillait au soleil, si cette canne n'avait pas appartenu à son mari, mais, dans ce cas, comment Freddy se la serait-il procurée ? Elle a pensé aux bruits entendus la nuit, les pas sur le gravier de la cour, au sous-sol, plusieurs fois de suite.

Notre cousin était assis sur une souche d'arbre, au milieu des herbes, et montait une ligne en fixant des plombs sur le fil de Nylon. Il s'était installé, à l'ombre des saules, juste en face de l'écluse et de la petite usine hydro-électrique. En aval, la barque de mon père au fond goudronné, amarrée par une chaîne à un débarcadère au bois couvert de mousse.

Ça a d'abord étonné Freddy que ma mère vienne jusqu'à lui. Il a pris l'hameçon maintenu entre ses lèvres, il l'a planté dans le tissu de sa veste canadienne, avant de poser sa ligne sur un galet, à côté de son épuisette. Il lui a demandé si elle venait pour le surveiller, et, comme elle ne répondait pas, il l'a invitée à approcher et à s'asseoir, mais elle est restée sur la route. Il s'est tourné vers elle, ébloui, malgré son chapeau, par le soleil du mois de juin, la main en visière au-dessus des yeux. Il s'est assuré, à voix haute, se hissant en appui sur les troncs des saules, qu'elle se tenait bien au bord du talus, et ne risquait pas de glisser. Enfin, il a aperçu le cyclomoteur, posé sur sa béquille le long de la route goudronnée. Il lui a indiqué un petit chemin couvert d'écorces qui conduisait à la rivière. Puis il est redescendu, en se tenant aux branches, en se disant que, si elle ne voulait pas répondre, c'était son droit. Il a sorti d'un sac une poignée de graines de chènevis, qu'il a lancées en amont, d'un geste ample. Ensuite, il a attaché l'hameçon à l'extrémité de la ligne en entortillant le fil autour de la boucle métallique. Puis il a fouillé dans une boîte, à la recherche d'un ver de terre.

Elle lui a demandé ce qu'il faisait tous les jours en face du lycée de jeunes filles, puis, plus tard, au Jolly Café. Freddy a répondu que – et d'une, il avait l'autorisation de Dietrich, et que – et de deux, il ne faisait aucun mal. Mais elle voulait savoir pourquoi c'était autour du lycée qu'il rôdait et pourquoi pas, par exemple, autour des usines.

Il a lancé sa ligne en ajoutant qu'il avait le droit d'aller où ça lui plaisait. Il a ajouté que ça mordait aujourd'hui. Il avait donc bien fait de prendre la canne télescopique en fibre de verre, et ma mère a noté, à côté de la barque, le filet à grosses mailles attaché au tronc d'un saule, où nageait une petite carpe. Elle lui a demandé pourquoi c'était justement sa fille qu'il avait choisie la veille au soir pour sortir en voiture avec les lycéens, et Freddy lui a répondu, en l'appelant Martha, et en lui demandant de se calmer, qu'il n'avait pas choisi du tout, et qu'il n'y pouvait rien si les camarades de sa fille les avaient invités, son chien et lui, à faire un tour en voiture. Tous ces lycéens avaient besoin de s'amuser, c'est ça la jeunesse, lui, ça ne le dérangeait pas.

Il a rappelé, sans quitter la ligne des yeux, que ça lui allait droit au cœur, ces chemises qu'elle lui avait offertes, et, autant l'annoncer tout de suite, il avait renoncé à travailler dans le service des ordures ménagères. Par contre, il avait l'intention de se faire embaucher comme jardinier à l'hospice de vieillards. Il attendait, à la fin de la semaine prochaine, une réponse du directeur, qui lui permettrait de s'installer à titre définitif. Aussi, le directeur lui avait promis une chambre en sous-sol, dans le bâtiment des pensionnaires, pour les premiers jours d'hiver.

Ma mère a déclaré que son cousin n'avait pas tort, ils étaient bien contents, à l'hôpital, d'avoir quelqu'un sous la main, mais il ne fallait pas se faire d'illusion, il y a aussi les vieillards qui, eux, payent leur séjour en plus des travaux d'entretien. Le directeur n'allait quand même pas s'encombrer d'un jardinier, il avait assez de bouches à nourrir. Et si son cousin s'imaginait qu'il serait toujours accueilli à bras ouverts, non, franchement, il se trompait.

Un poisson a mouché à deux mètres. Freddy a ramené sa ligne, sans à-coup, en examinant le fond près du bord. Ma mère l'observait toujours. Elle s'est aperçue qu'il était pieds nus. Il a dit : Peu importe, si ça ne marche pas à l'hospice, je pourrai toujours fendre le bois des particuliers. Elle a répété que personne n'avait besoin de lui. Ça la soulageait d'avoir dit ça.

Il a fait un pas dans la rivière, de l'eau à hauteur des chevilles, jambes de pantalon relevées. Avec cette chaleur, a-t-il dit en gagnant l'ombre des saules, marcher dans l'eau froide, avec le courant qui vous effleure la jambe, rien de mieux pour se rafraîchir.

Il s'est assis sous les arbres, en caressant son chien. Il a demandé à ma mère, si, à tout hasard, c'était sa fille qu'elle cherchait. Elle n'a pas répondu. Elle a repris son cyclo, se promettant d'être présente devant le lycée la prochaine fois, ne serait-ce que pour assister au spectacle de Freddy quittant les lieux entre deux gendarmes. Elle a pédalé en mettant les gaz, le pot d'échappement dégageant des petits nuages de fumée blanche.

Ma mère roulait sur le bas-côté recouvert d'asphalte, le long de la berge, quand le chien l'a dépassée en jappant. Elle a zigzagué et donné des petits coups de sonnette, de crainte qu'il ne se mette dans sa roue. Mais pour finir, le chien l'a quittée, et elle l'a suivi quelques secondes du regard. Il courait parmi les herbes vers le parasol orange, en contrebas.

Elle a ralenti, puis freiné à hauteur du parasol, en mordant le talus qui surplombait la berge couverte de roseaux : Clémence prenait un bain de soleil. Elle lisait en face du barrage, étendue à plat ventre sur une couverture. En regardant de l'autre côté de la rivière, ma mère a reconnu la voiture noire de maître Montussaint. Elle en a déduit que ce garçon qu'elle distinguait à peine, là-bas, qui jouait au ballon devant la centrale hydroélectrique avec ses camarades, était bien Paul, le fils du notaire.

Le chien s'est remis à courir en remontant la berge jusqu'à son maître. Clémence continuait de lire, ignorant sa mère qui pénétrait dans les herbes après avoir couché son cyclo sur le côté. Son ombre s'est découpée sur le corps de Clémence et le maillot de bain deux-pièces.

Clémence, a-t-elle appelé, mais on ne s'entendait pas. Sa voix était couverte par le courant. Le débit de l'eau était plus fort à hauteur du barrage. Alors elle s'est avancée. Elle a demandé à sa fille ce qu'elle faisait là. Clémence a enfin levé les yeux, elle a retourné son livre : Elle lisait, tout simplement. Sa mère lui a demandé comment elle était parvenue de ce côté-ci de la rivière. Clémence a enlevé ses lunettes de soleil. Elle avait traversé le barrage, parce qu'on était au mois de juin, le niveau de l'eau était bas, et ça ne risquait rien, malgré le courant.

Mais ma mère, tournant la tête du côté de notre cousin, a voulu savoir par quel moyen exactement elle était parvenue à la rivière. Clémence a pris une branche de ses lunettes de soleil entre ses lèvres : Elle était venue en voiture rejoindre ses copains et ses copines, justement, ils sont là-bas de l'autre côté, ils jouent au volley. Tu ne les vois pas ? Ma mère a répondu qu'elle les avait aperçus, mais ils étaient un peu loin, et elle n'était pas certaine de les avoir tous reconnus. Elle s'est approchée de Clémence, avec l'envie d'arracher les lunettes de sa bouche : Elle avait du mal à comprendre pourquoi sa fille n'était pas parmi ses camarades. Ça l'ennuyait qu'elle se retrouve seule au milieu des roseaux. D'abord, elle aurait pu prendre ses précautions, et Clémence, qui s'était remise sur le ventre pour poursuivre sa lecture, a demandé : Quelles précautions, s'il te plaît ?

On est au début de l'été, je te signale, ta peau est encore fragile, attention aux coups de soleil, si tu continues de t'exposer à moitié nue, là au milieu. Clémence a posé son livre. Elle en avait assez. D'abord, elle n'était pas à moitié nue, ensuite, je ne sais pas si t'as vu, maman, mais, un parasol, c'est fait pour donner de l'ombre, et moi, c'est bizarre, mais je suis justement sous le parasol, donc je ne risque pas de coup de soleil.

Ma mère a descendu le talus en se retenant aux roseaux : Si ! Tu risques... Tu es particulièrement fragile, c'est dangereux, même à l'ombre, surtout quand on a une peau de rousse. Ma sœur a dégagé ses cheveux blonds, qui tombaient sur son dos parcouru de grains de beauté, déjà bruni par le soleil.

Autre chose, maman, au cas où tu ne l'aurais pas remarqué, je ne suis pas rousse. C'est toi qui voudrais que je sois rousse. Sa mère s'est tournée de nouveau du côté de Freddy, en amont. Le chien continuait ses allers et retours. Clémence s'est assise. Elle a exposé son corps à la lumière, en se cambrant pour ajuster ses cheveux avec une pince. Elle a remis ses lunettes de soleil, et elle a adressé des signes à ses camarades, de l'autre côté.

Parvenue sur la rive, ma mère lui a demandé si c'était Paul qui l'avait accompagnée, car ça devait être lui, là-bas, dans le champ au-dessus de la centrale hydroélectrique. Clémence a répondu que non, elle n'était pas venue avec Paul, mais avec son père, dans son nouveau coupé sport rouge. Paul avait oublié de remplir son inscription à l'examen et c'était le dernier jour. Son père l'avait rejoint pour la lui faire signer et Clémence avait profité du voyage.

Alors, ma mère lui a rappelé qu'elle ne devait pas monter en permanence dans la voiture du notaire, qu'elle aurait meilleur temps de voyager avec Paul. Elle se demandait d'ailleurs pourquoi c'était toujours maître Montussaint qui la raccompagnait quand elle revenait le soir à la maison, par exemple. Dans le fond, ça l'inquiétait, elle n'aimait pas voir sa fille en compagnie de Freddy, certes, mais c'était pareil pour le notaire. Ça ne se fait pas ! Comprends-tu, Clémence ?

Ma sœur a recommencé à jouer avec une branche de ses lunettes de soleil : D'abord, elle partait se promener en voiture avec qui elle voulait. Mais ma mère l'a reprise : Clémence se trompait, ça finissait par devenir angoissant, à la longue, de toujours se demander si sa fille était ou non avec le notaire, et elle ressentait exactement la même chose vis-à-vis de Freddy.

Clémence s'est agacée : Ça n'avait rien à voir avec Freddy. Et vraiment, puisqu'il était encore une fois question de maître Montussaint, autant dire que sa mère le connaissait très mal. La preuve, elle n'avait pas la moindre idée de sa gentillesse. D'ailleurs, il n'avait pas hésité à se déchausser et à relever le bas de ses jambes de pantalon pour aider Clémence à traverser le barrage, en lui tenant la main, et si ma mère était venue à peine plus tôt, avant qu'il ne retraverse, elle l'aurait rencontré et il lui aurait dit, lui aussi, qu'il n'y avait aucun risque.

Et si Clémence s'était mise à l'écart de ses camarades, c'était pour lire en paix, réviser son épreuve de français. Elle était loin d'être en avance. De plus, elle lisait très lentement, alors, si elle était là, en train de travailler au bord de la rivière, à trois jours de l'examen, c'était parce qu'elle était en retard sur le programme. Il lui fallait donc à tout prix finir ce livre.

Ma mère n'a pas pris le temps de lire le titre. Elle s'est contentée de regarder la couverture, un perroquet au plumage multicolore. Ensuite, elle a déclaré que sa fille avait tort, elle avait bien risqué la noyade en traversant le barrage, accompagnée ou non. Clémence s'est placée face au courant. Elle a montré la rivière. Elle a invité sa mère à s'approcher du bord, à faire quelques mètres sur le barrage, alors elle constaterait par elle-même que l'eau n'était pas très haute. Il n'a pas plu depuis trois semaines, maman, au cas où tu ne t'en serais pas rendu compte.

Ma mère a fait quelques pas en direction du barrage, elle a atteint la rive en enjambant un rocher, elle a ôté une chaussure, puis elle a introduit un pied dans l'eau, sur une pierre plate couverte de filaments de mousse, qui s'agitaient au gré du courant. La pierre n'était pas stable. Elle a crié pour se faire entendre : En cas de chute, attention... !

Clémence s'est levée, elle a indiqué du doigt la centrale hydroélectrique : Le seul risque, maman, quand le courant est trop fort, c'est de se laisser entraîner dans les turbines. Aujourd'hui, ça ne risque rien. Paul, lui, il a passé le barrage dimanche en kayak, et il ne s'est rien produit. Ma mère a répondu qu'elle ne se sentait pas rassurée pour autant, et qu'elle devait repartir. Sa fille n'avait pas intérêt, par ailleurs, à arriver en retard pour le dîner. Elle a ajouté qu'en fin de compte, elle préférait qu'elle rejoigne tout de suite ses camarades.

Clémence est retournée s'étendre sous son parasol : C'était déjà convenu avec eux, elle n'avait pas attendu sa mère. Elle ferait signe à Paul, de l'autre côté, qui viendrait la chercher avec sa voiture, en passant par le pont, près de l'écluse. Le soir même, il y avait une petite fête chez le notaire. C'était l'anniversaire de Paul, et Clémence était invitée évidemment, invitée d'honneur. Il se pourrait même qu'on y passe la nuit, dans le parc, derrière chez eux, on va planter des tentes. Le père est d'accord.

Ma mère est restée sur la rive, face au barrage, à regarder, parmi les gouttelettes d'eau en suspension dans l'atmosphère, les amis de Clémence courant sur l'herbe au bord de la rivière, et, plus haut, la voiture noire et le coupé sport rouge. Elle a reconnu maître Montussaint, en manches de chemise, devant l'usine hydroélectrique.

Elle a remis sa chaussure et noué ses lacets, puis remonté le talus vers son cyclomoteur. Elle a contemplé sa fille, étendue sur le dos, et guetté en amont, de temps à autre, du côté de Freddy, sans jamais, cependant, perdre de vue Clémence, qui lisait son roman, tenu droit au-dessus de son visage. Et ma mère en a lu le titre, cette fois. Elle a noté que ma sœur lisait ce livre depuis le début du mois. Elle avait souvent trouvé le roman dans sa chambre, en faisant le ménage, et en rangeant ses piles de classeurs, et les cahiers, qu'elle replaçait sur le bureau, ou au pied du lit, en fonction de l'emploi du temps scolaire. Elle faisait de même avec les affaires personnelles de Clémence, qui jonchaient le sol, les paires de ballerines, les nœuds pour les cheveux, les photographies au mur, qu'elle époussetait chaque semaine, en s'arrêtant sur le regard de son enfant, comme elle l'aimait, d'une photographie à l'autre. Ce qu'elle pensait à ce moment-là, sur la route goudronnée, au bord de la rivière, c'est qu'on ne lui enlèverait jamais son enfant. Elle se disait aussi qu'elle était bien la seule à s'inquiéter pour toutes ces jeunes filles qui traînaient au Jolly Café.

Elle a regardé de nouveau la rive opposée, malgré le soleil. Le notaire avait décapoté le coupé sport rouge. La voiture noire, Paul au volant, manœuvrait au-dessus de l'écluse, descendait le long du chemin de halage et gagnait le pont au-dessus de la rivière, à l'endroit où le cours d'eau fait un coude. Ensuite, derrière la voiture noire, les quatre amies de sa fille, assises sur le capot arrière du coupé sport rouge, qui s'agitaient, cheveux et foulard au vent. Le chien est revenu, il a léché Clémence dans le creux de la main. La jeune fille l'a flatté. Elle s'est relevée et elle a joué avec lui. Ma mère a eu envie de tuer le chien.

Elle a regardé sa fille. Elle lui a parlé. De loin. Encore. Malgré le bruit du courant sous le barrage. Elle lui a dit qu'elle l'attendait à la maison. Quoi qu'elle fasse et quoi qu'elle décide, elle serait là, à patienter. Depuis quelques semaines, disons le mois de mai, sa fille avait décidé de sortir le soir. Au début, c'était pour réviser ses cours avec ses camarades de classe.

Mais, dans la minute qui a suivi, elle a regretté, quittant la rivière, assise sur son cyclomoteur, de n'être pas restée plus longuement près de sa fille. Ou, peut-être, n'aurait-elle pas dû attendre l'arrivée du fils du notaire ? Le regarder plier le parasol et la couverture, les ranger à l'arrière de sa voiture noire ? Mais aussi, ne devrait-elle pas, tout de suite, et malgré ses réticences, se rendre chez maître Montussaint, lui parler de son trouble depuis la libération de Freddy ? Il le lui avait dit, lors du décès de son mari. Il avait pris Clémence à part, près de la chapelle, à l'ombre des cyprès, et ma mère l'avait aperçu, qui embrassait sa fille en la serrant très fort contre lui. Elle en avait ressenti un très vif désagrément, à quoi s'était ajouté un certain malaise. Après la cérémonie, maître Montussaint s'était arrêté devant ma mère pour la saluer. Il l'avait fait en sa qualité de président de la société de chasse : Les membres de la société le regrettent tous, votre mari, madame Rebernak. Dès que vous aurez un moment, n'hésitez pas à venir me voir. Et ma mère, qui s'était mise, dès le décès, à chercher du travail, s'était d'abord demandé s'il ne l'avait pas invitée pour qu'elle fasse le ménage de l'étude après dix-huit heures. Mais elle aspirait à un emploi plus stable.

Le lendemain de l'enterrement, il pleuvait. Elle revenait tardivement du cimetière. La voiture de maître Montussaint stationnait en retrait de la maison, à couvert des arbres. En se penchant, elle avait frappé contre le pare-brise pour demander au notaire s'il pourrait l'aider à poser sa candidature au poste vacant d'agent de service du collège. Il avait baissé sa vitre. Clémence, qui passait d'ordinaire la soirée avec Paul après la fin des cours, et se faisait raccompagner par le notaire le plus souvent, s'était penchée vers sa mère, et lui avait souri. Le notaire avait répondu qu'il ferait son possible et qu'il en parlerait lors du prochain conseil d'administration la semaine suivante. Ma mère s'était retenue de demander à Clémence devant le notaire ce qu'elle faisait dans cette voiture. Mais elle lui avait posé la question, tout de suite après son retour : Pourquoi rester si longtemps dans l'auto, à discuter avec maître Montussaint ? Tu n'as rien à faire avec lui ! Et Clémence avait répondu qu'il pleuvait et qu'elle attendait la fin de l'averse. Mais de quoi parlez-vous donc pour discuter aussi longtemps ? Maître Montussaint me raconte ses souvenirs de chasse avec papa. Il parle si bien de lui.

Concernant la demande de poste, maître Montussaint avait eu gain de cause lors du conseil d'administration. Il était venu voir ma mère un autre jour, c'était juste après le retour de Freddy, pour lui demander des nouvelles. Il avait ajouté, puisqu'il avait été ensuite question de notre cousin : Je comprends cette inquiétude au sujet de Freddy, madame Rebernak, mais ce n'est pas justifié, même s'il

61

y a des questions à se poser. De toute façon, n'hésitez pas à venir nous voir, ma belle-sœur et moi, ça vous remontera le moral. On bavardera autour d'une tasse de thé, ne serait-ce qu'en souvenir de votre mari. Nos deux enfants s'entendent si bien. Il avait joint ses mains, index tendus. Les deux doigts semblaient coulisser l'un sur l'autre : Ils sont devenus inséparables, n'est-ce pas ?

Le notaire avait poursuivi : Paul, l'année suivante, quitterait certainement la ville pour intégrer une classe préparatoire, dans le domaine scientifique, et maître Montussaint avait demandé à ma mère, si Clémence suivrait ma trace à la faculté de lettres, ou si elle resterait plutôt en ville pour des études, peut-être plus courtes, avait-il nuancé. Dans ce cas, elle pourrait toujours faire un peu de ménage à l'étude, ça lui ferait de l'argent de poche.

Au retour de la rivière, ma mère a ralenti dans le virage à l'entrée de la ville. Ça lui tenaillait l'estomac de retourner sur place, surveiller ma sœur, ou de m'y envoyer. Elle a viré sur la droite dans la station-service, mais ce n'était pas l'heure de ma garde. Elle s'est arrêtée devant le distributeur de mélange, elle a dévissé le bouchon du réservoir.

Le coupé sport rouge a longé la route nationale devant la station, maître Montussaint au volant, la musique de l'autoradio à plein volume. Les jeunes filles aperçues de l'autre côté de la rivière s'entassaient sur la banquette arrière. Le notaire a donné un coup de klaxon en apercevant madame Rebernak. Mais ma mère guettait dans l'autre direction, la sortie du virage, au cas où la voiture noire suivrait, et elle s'est demandé où était Clémence, si celle-ci rentrait bien avec Paul.

Elle est restée longtemps debout, à côté du distributeur. Puis elle a réglé sa note et pris la direction du centre-ville, pour un détour par le Jolly Café. Elle a posé son cyclo contre un arbre, en face de la terrasse, où elle a patienté.

Clémence est arrivée assez tard, avec Paul, en voiture. Mais de l'autre côté de la place. À l'insu de sa mère. Clémence est descendue. Paul aussi. Clémence a attendu qu'il la rejoigne, mais elle s'est esquivée quand il a voulu l'embrasser. Elle a dit : C'est fini ! et Paul a insisté. Elle l'a repoussé de nouveau. C'est la dernière fois ! a-t-il prévenu en tournant les talons. Et Clémence a rétorqué qu'il avait raison, c'était bien la dernière fois, en effet, qu'elle lui demandait de choisir. C'est moi ou elle ! Elle a désigné une des baigneuses : Jasmine, sa camarade de classe au lycée, assise dans la voiture. Jasmine a quitté la banquette arrière, elle s'est installée à l'avant et elle a claqué la portière. Paul a démarré en trombe.

Clémence a traversé la place. Elle a aperçu le cyclomoteur, puis sa mère, derrière la terrasse du Jolly Café. Ma sœur s'est plantée devant elle : Je t'en ai déjà assez dit, non... ? Je ne vais pas le répéter cinquante fois. Alors, entendons-nous bien... Je n'ai pas besoin de surveillante. D'abord, je sors avec qui je veux... ! Ma mère a répondu qu'elle préférerait discuter seule à seule, trop de monde en terrasse. Elle a pris ma sœur par le poignet. Clémence a retiré sa main. J'en ai assez ! Ma mère était d'accord, cependant. Elle l'a dit : Je te comprends, mais je dois t'expliquer, je dois te prévenir, Clémence ! Ton examen, et toutes ces choses dont tu ne peux te rendre compte ! Mais si, je me rends compte ! Arrête de me prendre pour une idiote ! Et la soirée ? Tu la passes où... ? Chez Paul, comme d'habitude... a menti Clémence.

Ça s'agitait devant le Jolly Café, en prévision de la soirée chez Paul... L'anniversaire. Ma mère est restée alentour. Elle a cherché Freddy des yeux, puis dans les ruelles attenantes et dans les autres bars. De là, elle s'est rendue du côté des jardins de l'hôpital et de la maison de retraite. Ensuite vers la gare, où logeaient les immigrés travaillant sur les voies à l'agrandissement du tunnel. Elle a observé le terrain vague, à côté du poste d'aiguillage, les wagons de marchandises aménagés en dortoirs, les ouvriers qui pendaient le linge sur un fil tendu entre deux pylônes, puis le chien de Freddy, qui traînait au milieu des tas de sable. Enfin, son cousin, assis sur le ballast d'une voie désaffectée, qui mangeait un morceau de pain devant un brasero. Freddy s'est levé. Il a pris la direction du centre-ville.

Elle est repartie à la maison. Elle n'en doutait pas désormais. Clémence, pour la première fois de sa vie, passerait la soirée et une bonne partie de la nuit chez le notaire, avec Paul. C'est-à-dire, pratiquement une nuit blanche. Ma mère a réfléchi qu'elle n'allait pas tourner en rond dans la cuisine, à attendre. Elle irait travailler dans son autre jardin, qui avait appartenu à sa belle-mère, à côté du cimetière, arroser les fleurs et récolter les groseilles, les cassis, jusqu'à la tombée du jour. Ça lui changerait les idées. Ensuite, elle passerait me voir à la station-service.

De fait, elle pourrait se rendre directement chez maître Montussaint, disons aux alentours de minuit, en revenant de la station-service, lui demander, par précaution, s'il n'aurait pas la gentillesse, au petit matin, quand la fête serait finie, d'autoriser son fils Paul à raccompagner Clémence, en recommandant à celui-ci, en priorité, de ne pas la lâcher avant l'arrivée devant la maison. Paul pourrait même la raccompagner sur le pas de la porte et sonner. Ma mère ouvrirait

66

aussitôt. De toute façon, elle n'avait pas l'intention de dormir, ni de se coucher. Tant qu'elle n'aurait pas revu Clémence, elle ne trouverait pas le sommeil, donc elle attendrait dans la cuisine jusqu'à l'aube. Elle lirait le journal devant un bol de tilleul à la fleur d'oranger, c'est cela, le mieux serait d'attendre.

Mais, mieux encore, appeler le notaire tout de suite pour lui annoncer sa visite vers minuit, lui poser la question du retour de Clémence après la fête, tout en précisant : Avec Paul. Lui dire aussi, quant à elle, son emploi du temps de la soirée, comme elle l'avait prévu : Le jardin de sa belle-mère, ensuite son fils à la station-service. Ajouter ceci : Si elle avait le temps, après la station, elle passerait deux minutes déposer sa récolte de groseilles à la maison. Ainsi, en cas de problème, mais il n'y en aurait pas, car il n'y en avait jamais eu, s'est-elle encouragée, il saurait où la joindre. Elle a décroché le téléphone, et elle a parlé avec maître Montussaint.

Clémence est entrée dans le Jolly Café, maintenant déserté par la joyeuse bande partie à pied et en voiture à l'anniversaire. Elle s'est assise dans un recoin et elle a fouillé à l'intérieur de son sac, à la recherche de son roman, puis elle a commandé un jus de fruit. En tournant la page du dernier chapitre, et en réfléchissant à ce qu'elle venait de lire, son regard s'est promené parmi les rares clients, et s'est attardé sur Freddy, debout de l'autre côté du comptoir. Alors, elle a repris sa lecture.

La porte du Jolly Café s'est ouverte sur maître Montussaint. Il a hésité un instant. Enfin, il a aperçu Clémence. Il a traversé le bar pour s'asseoir à sa table, en tirant une chaise à lui. Maintenant, c'est réglé, mais il était temps, a-t-il dit, j'ai posté la convocation de Paul... Mais c'est un hasard si je me suis arrêté... Qu'est-ce que tu fais là ? Tu n'es pas à l'anniversaire ? Ça a déjà commencé... ! Clémence n'a rien répondu... Ils sont tous dans le jardin... autour de Paul... ! a insisté le notaire.

Clémence s'est replongée dans sa lecture, puis elle a levé les yeux en mettant son livre de côté, sur une table voisine. Elle a dit non, elle n'allait pas à l'anniversaire. Mais pourquoi donc ? s'est inquiété maître Montussaint en rapprochant sa chaise. Pour rien, c'est tout. Il a commandé un verre. Ma sœur a fini par se dérider. Elle a parlé de Jasmine, de Paul amoureux de Jasmine.

Le notaire a dit qu'il en parlerait à son fils. Puis il a proposé à Clémence de l'accompagner à la fête. Ma sœur a refusé. Elle préférait rentrer. Rester seule. Ils ont continué de discuter, et le notaire a commandé une autre boisson. Plus tard, il a réglé la note, récupéré sa monnaie, en abandonnant quelques pièces sur une soucoupe, en guise de pourboire. Ensuite ils sont sortis, Clémence a oublié son livre, et ils ont pris la direction du parking derrière le bar.

Parvenue dans le coupé sport, elle lui a

demandé de la raccompagner chez sa mère. Le notaire a remis la capote du toit avant de s'installer à son tour. Il est resté un instant, sans démarrer, les mains sur le volant. Il a répété que la fête d'anniversaire battait son plein, oui, mais il n'insistait pas. Peut-être, alors, on pourrait faire un tour ? a-t-il suggéré. Ma sœur a redit qu'elle préférait rentrer. Le notaire a souri. Il a murmuré, je comprends, puis il a mis le moteur en marche.

Mais à la sortie de la ville, au lieu de bifurquer à gauche vers notre maison, il a continué tout droit sur la route nationale, et Clémence lui a demandé où il allait. Il a répondu : N'importe où. Aujourd'hui, spécialement aujourd'hui, il avait envie de rouler sans s'arrêter, et sans but. Et Clémence lui a demandé s'ils allaient loin, parce que sa mère allait s'inquiéter. S'il n'y a que ça comme problème, après tout, on va faire une halte ! s'est exclamé maître Montussaint, qui connaissait une auberge dans le coin. Il s'y rendait parfois, pour déjeuner avec des clients, c'est très bien, très agréable. Il a proposé à ma sœur de prendre un verre. Clémence a répondu qu'ils avaient déjà assez bu, surtout lui. Ensuite il a chantonné, ses doigts battant le rythme sur le cuir du volant. Il a dit qu'il rêvait depuis longtemps à cet instant où ils se sentiraient libres, tous les deux, lui et elle, et justement, Clémence a aperçu la pancarte de l'auberge *Au Rendez-Vous des Chasseurs, 500 mètres,* sur le bord de la route.

La voiture a pénétré dans le bois, puis elle s'est arrêtée derrière l'auberge aux fenêtres closes. Le notaire a simulé la déception. Il a laissé échapper un soupir : C'est jour de congé. Vraiment pas de chance ! Aussitôt, il s'est penché vers Clémence en passant la main dans ses cheveux. Elle a retiré sa main. Il l'a embrassée. Elle s'est laissé embrasser sur le visage, au coin de l'oreille, en détournant la tête. Puis elle a ressenti l'humidité de sa langue. Elle l'a repoussé. Il s'est arrêté. Ma sœur lui a demandé ce que Paul penserait de cela. Elle est restée immobile, émue, cheveux défaits, épaule contre la vitre, et il a caressé l'ouverture de son corsage, puis sa jupe, ses genoux. Alors, elle a demandé ce qui n'allait pas ! Pour qui il se prenait ? Elle a haussé le ton, elle préférait rentrer. Le notaire l'a retenue par le cou quand elle a ouvert la portière. Il a baissé le bras, d'un geste de dépit, en fermant les yeux. Elle a annoncé qu'elle rentrait à pied. Et ce n'était pas la peine de la suivre. Elle se débrouillerait. Elle a marché sur le chemin, en longeant le sous-bois, jusqu'à la route nationale. Elle pleurait. Elle pensait à Paul. Seul, Paul comptait à cette heure.

Un camion est passé, puis un autre camion. Puis un autre. Elle a levé la main en se rendant compte que son corsage était déboutonné. Elle a refermé son col. Un camion a stoppé à hauteur du carrefour. Le camion transportait du sable. C'était un chauffeur au visage familier, comme ceux qu'elle avait connus, qui venaient voir son père à l'entreprise de serrurerie. Elle a demandé au routier, en levant les yeux, s'il pouvait la conduire en ville.

La voiture de maître Montussaint s'est arrêtée devant le camion. Le notaire est descendu, il a demandé à ma sœur de revenir. Le routier a lancé un regard interrogateur à Clémence, du haut de sa cabine : Vous avez un problème, mademoiselle ? Le notaire a répondu à la place de ma sœur : Il n'y avait aucun problème, tout allait bien. Il a salué le routier, qui a remonté sa vitre. Clémence a hésité une seconde, puis elle a dit au chauffeur : Merci, monsieur, je repars en voiture. Maître Montussaint lui a ouvert la portière.

Avant de reprendre la route, il lui a demandé ce qu'elle avait l'intention de faire. Elle a répondu qu'elle voulait retourner à la maison. Mais ce n'était pas de ça qu'il parlait. Il a voulu savoir si elle raconterait tout à Paul. Elle a promis que, s'il ne la touchait plus, elle n'en parlerait à personne. Mais ce n'était pas suffisant : le notaire a précisé qu'elle devait se rappeler d'une chose, avant tout, c'est qu'il avait aidé sa mère à obtenir ce poste d'agent de service au collège et qu'il pourrait l'aider dans le sens contraire, si tu vois ce que je veux dire, a-t-il poursuivi en jouant avec sa clé de contact, qui s'agitait à l'extrémité de ses doigts, sous les yeux de Clémence.

Elle s'est tue. La voiture a démarré. Il a repris : Ça ferait beaucoup de peine à madame Rebernak, d'apprendre une chose pareille. Ma sœur a répondu : Quelle chose, s'il vous plaît... ? Que sa fille attire les hommes, et ça m'étonnerait que ça l'amuse, en attendant.

Il a utilisé plusieurs fois le nom de ma mère, en insistant sur le fait qu'elle n'avait pas besoin de cette épreuve, surtout en ce moment, car ce serait une épreuve. Et, qui sait... ? Comment réagirait-elle... ? Toute seule avec deux enfants qui poursuivent leurs études ? Le mieux était que Clémence promette de ne rien dire. Tout juste si je t'ai touchée ! a-t-il lâché. Nous sommes bien d'accord... ? Clémence a baissé la tête. Dans ce cas, tout va bien. Il a annoncé qu'il la reconduisait au Jolly Café.

Mais, sur le parking, il a repris ses menaces : Au moindre problème, elle devait le savoir... il n'aurait qu'à lever le petit doigt. Il l'a répété : Alors plus de travail au collège, plus rien... ! Il s'est jeté sur elle en agrippant sa nuque. Il a pris sa mâchoire en étau. Pour embrasser sa bouche. Il a mordu ses lèvres. Cette fois, elle s'est débattue et elle a crié. Ça a frappé à la portière du conducteur. C'était Freddy. Il a ouvert. En tendant le roman oublié par Clémence sur la table du Jolly Café.

Le notaire s'est retourné, en rage. Il a arraché le livre de ses mains et il l'a jeté sur la banquette arrière. D'abord, c'est qui celui-là... ? Et qu'est-ce qu'il fabrique ici ? Freddy s'est penché, tout en le menaçant, pour observer Clémence. Puis, son regard s'est fixé sur maître Montussaint. Alors, il l'a soulevé de son siège par le col de chemise. Le tissu s'est déchiré. Il a sorti le notaire de la voiture. Puis il l'a lâché et il a contourné le véhicule. Clémence avait disparu.

Plus tard, le temps de reprendre ses esprits, maître Montussaint a manœuvré en marche arrière. Il est sorti du parking pour rejoindre Clémence quelques rues plus loin, sur le chemin de la maison, mais elle a refusé de monter. Il est resté dans la ruelle, le long du trottoir, sans couper le contact. Il a quitté le centre-ville pour un détour par le cimetière et le jardin de ma mère, s'assurer qu'elle était en train de soigner ses fleurs, comme souvent le soir, même très tard avant la nuit tombée, et comme elle avait pris soin de le dire au téléphone. Il l'a aperçue, de la chapelle du cimetière, penchée au-dessus d'un plant de groseillier, en pleine cueillette, parmi ses roses. Quelques instants plus tard, elle a enfourché son cyclo. Il l'a suivie à distance jusqu'à la station-service où elle s'est installée pour discuter avec son fils.

Le notaire a emprunté, phares éteints, la voie qui conduisait vers les chantiers de la zone industrielle, en contrebas de la station-service. Il a abandonné discrètement sa voiture au pied d'un hangar en construction, puis il a pris le long du talus, pour accéder au garage, devant une pile de pneus, où ma mère avait laissé son cyclomoteur. Il l'a aperçue, qui lui tournait le dos, à travers les vitres éclairées, assise devant le bureau du pompiste. Maître Montussaint a tiré un canif de sa poche, dont il a ouvert la lame. Il a percé le pneu arrière du cyclo, et il a regagné l'obscurité du chantier.

Assuré que la mère ne l'importunerait pas, car son fils mettrait un certain temps à changer sa roue, il est parti vérifier si Clémence était bien rentrée. Il a donc ralenti à hauteur de notre maison, puis stoppé un peu plus loin sous les arbres, pour revenir à pied, dans l'obscurité, se glisser dans le jardin, parmi les massifs d'hortensias.

Il avait une bonne heure devant lui avant de retourner à la fête d'anniversaire, a-t-il calculé en s'assurant de la présence de Clémence dans la chambre. La lumière filtrait à travers les persiennes. Il ne lui restait plus qu'à sonner à la porte. Il dirait, je viens de la part de ta maman.

Place de l'Abbaye, la grande maison, à deux pas de l'église et du cimetière. Ma mère a sonné. La belle-sœur du notaire, Joséphine, qui avait enseigné le catéchisme à Clémence, a ouvert. Elle portait une robe marron à larges rayures verticales vert amande et mauves. Elle a regardé l'horloge au mur : Presque une heure du matin. Elle s'est étonnée.

Ma mère lui a demandé si maître Montussaint ne lui accorderait pas une petite minute. La belle-sœur a regardé à l'intérieur de la maison, d'où parvenaient de la musique et des bruits de voix. Elle ne savait pas si elle allait déranger le notaire à cette heure-ci. Il venait de rentrer, sans doute de chez un membre de la société de chasse, et il se changeait. Ne lui serait-il donc pas possible de revenir le lendemain ? Ma mère a fait non de la tête. Joséphine a voulu savoir si, au moins, elle avait une raison valable pour importuner maître Montussaint à une heure aussi tardive, et ma mère a répondu que c'était très important, elle avait déjà téléphoné en fin d'après-midi.

Alors, si c'était une affaire qui concernait le notaire, mieux vaudrait, ce serait plus simple, attendre le lundi, prendre rendez-vous à l'étude. Joséphine en était certaine : Madame Rebernak saurait patienter.

La belle-sœur a contemplé ce visage inquiet en face d'elle, et supposé : Peut-être, c'est à cause de l'emploi que maître Montussaint vous a offert il y a déjà un certain temps... ? Pas de réponse. Joséphine a de nouveau regardé l'horloge en demandant si la maman de Clémence venait pour le ménage, en ajoutant que c'était déraisonnable, pas à cette heure-ci, même s'il était arrivé à ma mère de faire un extra, servir à table les invités et rester très tard en cuisine. Vous aurez tout le temps demain, madame Rebernak, surtout après une soirée pareille. Vous savez, Paul laisse rarement la maison en état après son anniversaire.

Ma mère a répondu qu'il n'était pas question de Paul, ni de service à table du repas de la société de chasse. Elle n'avait pas besoin, non plus, de faire le ménage de maître Montussaint. Auparavant, oui, juste après le décès, j'ai eu besoin de faire des extra. Aujourd'hui, c'est différent, c'est un autre problème. La belle-sœur a répondu que si madame Rebernak avait du mal à joindre les deux bouts, elle ne devait surtout pas se gêner, en particulier devant elle, et dans cette maison, évidemment. S'il existait bien un endroit dans cette ville où on connaissait son malheur, c'était ici. Mais, nous n'avons pas de malheur ! a répliqué ma mère.

Joséphine l'a invitée à entrer. Effectivement, elle la trouvait plutôt agitée. En fait, elle ne l'avait jamais vue dans un tel état. Peut-être, vous avez besoin d'un calmant ?

Je n'ai besoin de rien, et, à vous, je ne demande rien, a rétorqué ma mère, impatiente et excédée à la fois. Puis, elle s'est excusée : Ça lui avait échappé. Elle ne savait pas pourquoi elle avait dit une chose pareille. Alors, Joséphine lui a posé une autre question : Est-ce que tout allait bien dans son travail au collège ? Aussi, avait-elle apprécié l'intervention de maître Montussaint au moment de l'embauche ? Je n'ai pas manqué, a rappelé ma mère, de le remercier en temps voulu pour tout ce qu'il a fait. Et tout va bien au collège. Je voudrais seulement lui parler !

Le son de la musique s'est amplifié. La porte qui donnait sur le parc et le jardin d'hiver s'est ouverte, livrant passage au notaire, qui refermait les boutons de ses manches de chemise, les cheveux encore humides d'être passés sous la douche, et conservant la trace du peigne. Ma mère a juste eu le temps d'apercevoir des lampions. Des éclats de voix lui sont parvenus, des tintements de vaisselle et de verres.

La belle-sœur a tourné le visage vers le notaire. Il portait son costume gris à reflets sur une chemise bleu ciel. Il a fait semblant d'être surpris en apercevant ma mère. Alors, il a ouvert les bras : Madame Rebernak ! Je vous avais déjà oubliée ! Comment vais-je me faire pardonner ? Sa belle-sœur s'est mise en retrait, derrière le fauteuil. Ma mère a avancé d'un pas dans le vestibule : Ça la gênait de déranger le notaire à cette heure-ci, mais elle ne pouvait pas faire autrement. Maître Montussaint a joint les mains : Mais, vous ne me dérangez pas ! Je suis avec la jeunesse ! Tout le monde est là !

Il a posé ses mains sur les épaules de ma mère, qui a baissé les yeux. Elle sollicitait un service, elle l'avait déjà dit au téléphone, mais elle préférait le répéter de vive voix, c'est pour cela qu'elle se présentait, à une heure pareille. Elle avait prévu de venir plus tôt, mais, comble de malchance, elle avait crevé. Par bonheur, si on peut dire en pareil cas, elle était justement avec son fils à la station-service quand elle s'en était rendu compte, et c'est lui qui avait changé sa roue... Sinon, elle n'aurait jamais eu le courage de traverser toute la ville. Mais, ce qui la contrariait davantage, c'était que, sans cette crevaison, elle aurait pris le temps de faire un saut à la maison pour se changer, enfiler une autre robe, par exemple. Elle avait quand même passé toute la soirée au jardin et n'était pas très présentable... Elle a tendu ses doigts sous la lumière du vestibule, légèrement tachés par la cueillette des groseilles et des cassis... Malgré ce retard, pouvait-elle se permettre de... ?

Le notaire a gardé les mains sur ses épaules. Évidemment, vous pouvez vous permettre... ! Enfin... ! Cela va de soi... ! Pour vous, madame Rebernak, ce sera toujours oui d'avance. Alors, elle lui a demandé de confirmer que Paul, malgré l'heure tardive, raccompagnerait sa fille. Vous savez comme je suis inquiète, et le seul fait d'imaginer qu'elle rentrera seule...

Ça ne posera aucun problème à Paul... ! Je vous l'ai déjà dit... Je n'ai même pas à lui poser la question, il le fera avec plaisir, j'en suis certain ! s'est-il exclamé. Et j'y veillerai ! D'ailleurs je pourrais le faire moi-même. La belle-sœur, la main sur le bois du fauteuil, a rappelé à maître Montussaint qu'à quatre heures du matin, quand la fête serait finie, il aurait de l'alcool dans le sang. Gare aux contrôles d'alcoolémie. Quatre heures, c'est la sortie des boîtes de nuit. La police est sur les routes ! Heureusement, Paul, lui, ne boit jamais d'alcool. C'est un garçon sérieux. Et Joséphine s'est retirée.

Ma mère a remercié le notaire en précisant, craignant de l'avoir froissé, qu'elle préférait aussi que ce soit Paul, ainsi maître Montussaint n'aurait pas à se déranger.

Comme vous voulez ! a repris le notaire. Ce sera Paul. Je m'en porte garant. Ma mère l'a remercié... Elle se sentait rassurée, cette fois.

Maître Montussaint lui a proposé d'entrer boire un verre. Alors, il l'a appelée Martha. Mais elle préférait retourner à la maison et attendre. Il lui a ensuite demandé si mon année scolaire s'était bien terminée, en s'effaçant pour la laisser sortir, mais elle est restée dans le vestibule, elle a dit : Il entre à l'université en septembre. Le notaire a joint les mains, les yeux au plafond : Bravo, Martha... ! Bravo ! Voici une bonne nouvelle !

Ma mère a franchi le pas de la porte : Elle patienterait tranquillement dans sa cuisine, il n'y en avait dans le fond que pour quelques heures. De toute façon, elle ne parviendrait pas à trouver le sommeil. C'est pourquoi, avant de rentrer, elle avait prévu un nouveau détour par la station-service. J'ai promis à mon fils que je repasserais. Il veut vérifier mon pneu. Elle l'a remercié de nouveau. Elle était redevable.

Le notaire a répondu qu'elle serait toujours la bienvenue. Mais vous vous trompez, Martha, s'est-il repris, c'est moi qui vous suis redevable. Je repense à ce fusil de chasse que vous m'avez prêté ... En souvenir... Oui... Celui de votre mari... Vous vous rappelez... ? Ça m'est revenu aujourd'hui... ! C'était très attentionné de votre part... Mais je dois vous le rendre... Le plus tôt possible... Ma mère n'en a pas fait cas. L'essentiel, c'était Clémence.

Il l'a raccompagnée en lui serrant la main, longuement, avant de refermer la porte. Mais il l'a rouverte. Son visage s'est assombri. Il est resté sur le seuil, en la regardant s'éloigner. Elle poussait son cyclo par le guidon, sans doute pour que le bruit du moteur ne dérange pas les voisins. Peine perdue... a-t-il pensé en introduisant les mains dans ses poches et en faisant tinter ses pièces de monnaie. ... Avec toute cette musique.

Il ne la quittait pas des yeux, observant la sacoche gauche du cyclo pleine de groseilles dans leurs boîtes en plastique. De l'autre, émergeaient des roses blanches.

Soudain, Joséphine a surgi dans son dos. Sans lui laisser le temps de réagir, elle a rappelé ma mère : Attendez... ! Madame Rebernak... ! Ne partez pas comme ça... ! Le notaire a sursauté. Il a regardé sa belle-sœur :

Qu'est-ce qui te prend, Joséphine ? Tu es devenue folle ! Tu vas ameuter tout le quartier ! Ma mère a ralenti sa marche, mais elle ne s'est pas arrêtée. Après tout, elle avait annoncé qu'elle repartait.

Derrière elle, c'était toujours la voix de Joséphine : Attendez... ! Ma mère a perçu aussi celle du notaire, qui recommandait à sa belle-sœur de ne pas réveiller le voisinage. Ensuite, ils ont discuté tous les deux, à voix basse – ma mère était trop loin pour entendre. Joséphine s'est émue : Elle ne pouvait quand même pas laisser madame Rebernak partir comme ça, sans lui dire que Clémence n'était pas là ! Qu'elle n'était même pas venue ! Tout ça à cause de Paul ! Elle venait juste de lui poser la question.

Comment ça, elle n'est pas venue ? s'est étonné le notaire en feignant une nouvelle fois la surprise. Première nouvelle ! Tu aurais pu me tenir au courant, Joséphine, dès mon arrivée ! Joséphine s'est tournée vers lui : Et pourquoi je m'en serais inquiétée, moi, que cette gosse soit absente... ? Au milieu de toute cette bande... ? En quoi ça m'aurait intéressée, s'il te plaît... ? Je ne pouvais pas savoir...

Son beau-frère s'est indigné : Te rends-tu compte dans quelle situation tu me mets ? Elle a baissé d'un ton : Ils se sont disputés... Le notaire l'a fusillée du regard : Mais qui ça, nom de dieu... ? Joséphine s'est raidie : Ben ! Paul et Clémence... ! à propos de Jasmine ! c'est tout ce que je sais... Et ce n'est pas la peine de monter sur tes grands chevaux... ! D'abord, a-t-elle poursuivi, quand tu dis que je ne t'ai pas prévenu, écoute-moi, c'est un peu fort ! Tout juste si tu m'as laissé le temps de te parler, tout à l'heure, de te demander où t'avais passé la soirée. Monsieur s'est précipité dans la salle de bains, sans m'adresser la parole, et il a pris sa douche. Depuis quand prend-on une douche en plein milieu de la nuit... ?

Le notaire a levé les yeux au ciel : Mais de quoi je me mêle, s'il te plaît... ? Et en quoi ça te regarde ? Rien ne me regarde dans cette maison ! s'est emportée Joséphine. C'est pourquoi on ne me dit jamais rien ! Son regard s'est figé : Elle a craint à cet instant que madame Rebernak n'ait tout entendu. Maître Montussaint a chuchoté que ça ne risquait rien. Elle était trop éloignée.

En attendant, a persiflé Joséphine, j'aime mieux ne pas savoir où tu es encore allé mettre les pieds... ! Le notaire l'a ignorée. Il a regardé du côté de madame Rebernak : Et qu'est-ce que je lui dis, maintenant, à la maman de Clémence, s'il te plaît ? Prends ton air embarrassé des grands jours, a répliqué sa belle-sœur, tu sais comment procéder. De ce côté-là, on peut te faire confiance.

Ma mère s'était arrêtée au milieu de la place. Demi-tour. Elle est revenue sur ses pas. Il a porté sa main au front, paupières closes. En jouant celui qui a du mal à reprendre ses esprits : Je suis vraiment désolé, Martha, mais je débarque, j'ai passé la soirée avec des amis, j'ai dû arriver à peine avant vous, et je viens seulement de l'apprendre : Clémence n'est pas venue à l'anniversaire.

Ma mère a réprimé une exclamation. Elle lui a demandé de répéter ce qu'il venait de dire. Il l'a redit. Comment ça ? a-t-elle ajouté. Maître Montussaint a baissé les yeux, puis il les a relevés. Écoutez, Martha, on ne va pas y aller par trente-six chemins, je vous dis seulement que je ne sais pas où elle est, du moins, a-t-il bafouillé, elle n'est pas ici.

Mais, Paul, lui, est bien chez vous ! s'est-elle exclamée. Paul est rentré seul, a dit le notaire. Je crois que ça s'est mal passé avec Clémence. On ne m'a pas tenu au courant. Allez ! dis-le, Joséphine, s'est-il adressé à sa belle-sœur...

Ma mère, médusée, est d'abord restée sans voix. Puis, elle s'est ressaisie, elle a demandé si elle pourrait parler à Paul. Le notaire a soupiré : Si vous voulez, Martha ! Mais il vous dira sûrement la même chose. Elle a mis le cyclo sur sa béquille. Je ne comprends pas... Elle s'est tournée vers le notaire : ... Clémence est quand même bien revenue avec Paul de la baignade, non... ?

C'est fort probable, mais je n'en sais rien, dans le fond, a-t-il déclaré. Puis il a interrogé Joséphine du regard : Il te l'a dit à toi ? La belle-sœur a répondu qu'elle n'en savait pas davantage.

Ma mère s'est adressée à elle : Vous ne saviez pas si ma fille était là ou non, et vous ne m'avez rien dit tout à l'heure, à mon arrivée ? Vous n'êtes même pas allée vérifier alors que je n'ai cessé de parler d'elle ? Joséphine a répliqué que ma mère se trompait. Elle n'y pouvait rien, elle venait juste de l'apprendre.

Écoutez, Martha, s'est interposé le notaire, ce n'est pas facile, je vous l'assure, moi non plus, je n'en reviens pas. Pensez... ! Ça va si vite... ! Et que voulez-vous que j'y fasse ? Ma mère s'est dressée à sa hauteur : Que vous me disiez plus clairement ce qui s'est passé entre elle et Paul... ! Mais je n'en sais rien ! Martha ! Et Joséphine encore moins, d'après ce que j'ai compris. C'est une histoire qui les regarde... ! Eux... ! Et personne d'autre... ! Mettez-vous à ma place... ! Vous sonnez chez moi, à presque une heure du matin... ! pour me parler de votre fille... ! C'est très gênant.

Ma mère a aspiré une grande bouffée d'air : Mais vous, vous ne l'avez pas vue, ce soir ? Non ! Je ne l'ai pas vue ! Sinon, je vous le dirais. Alors, où est-elle ? Je ne sais pas, Martha, je ne sais pas, je m'excuse de ne pas savoir. Je suis peut-être plus embarrassé que vous. Peut-être, Paul le dira mieux que moi. Joséphine peut aller le chercher, n'est-ce pas, Joséphine ? La belle-sœur s'est empressée.

Paul est apparu, la chemise déboutonnée, un foulard noué autour du cou, sur une chaînette en or. Ma mère lui a parlé. Sa voix s'est brisée au départ, mais elle est parvenue à reprendre sa respiration : Peux-tu me dire ce qui s'est passé, Paul ? Le garçon a baissé les yeux. Il n'avait pas encore eu le temps d'en parler à son père. On s'est séparés, c'est tout. Que voulez-vous que je vous dise ?

Impossible, a repris ma mère. Vous êtes toujours ensemble, tous les deux, et ce soir, spécialement ce soir, comme par hasard, Clémence n'est pas là. Était-elle au moins invitée, dis-le-moi ? Paul a répondu oui. Si quelqu'un était invité, c'était Clémence, mais entre-temps, ça a changé... Et qu'est-ce qui a changé ? Je vous l'ai dit, on a rompu.

Ma mère a déclaré qu'elle retournait à la maison. D'urgence. Mais, d'abord, elle passerait au Jolly Café. En même temps, elle s'est rendu compte dans son affolement que ça ne servait à rien puisque le bar était fermé à cette heure-ci. Elle a demandé à maître Montussaint s'il ne pourrait pas, cependant, faire un tour en ville, on ne sait jamais. Le notaire a changé d'attitude, il a pris un ton docte pour répondre, en joignant les mains devant son visage, et feindre une intense réflexion. Joséphine, en retrait sur le perron, a haussé les épaules.

Il a d'abord voulu savoir, si ma mère avait observé un changement de comportement, même imperceptible, chez sa fille depuis quelque temps, si elle n'aurait pas eu, par exemple, d'autres fréquentations... ? Ensuite, si ça arrivait parfois à Clémence de disparaître comme ça... Il a claqué des doigts... Sur un simple coup de tête... ? Ma mère a haussé les épaules... Bien sûr que non, a-t-elle répondu. Ensuite : silence.

Paul s'est éloigné pour se fondre dans l'obscurité, réapparaître le long du coupé sport stationné sous la lumière du réverbère, puis monter les marches du perron vers la porte grande ouverte du vestibule où se détachait à contrejour la silhouette de Joséphine.

Le notaire a remis les mains dans ses poches, il a observé ma mère, plantée là, devant le cyclo, puis il s'est tourné vers Joséphine qui refermait la porte derrière Paul et disparaissait avec lui. Enfin, maître Montussaint a repris la parole, il a remarqué qu'il faudrait, peut-être... il a eu l'air pensif... effectivement, chercher du côté de votre cousin.

Vous voyez, vous aussi !

N'allons pas trop vite en besogne, Martha, a prévenu le notaire, je ne sais si on peut se risquer jusque-là. Il lui a proposé une tasse de tilleul en cuisine. Elle n'a pas répondu. Elle s'est approchée, elle a serré très fort l'avant-bras du notaire. Elle a dit qu'il devait l'écouter, elle avait besoin d'une réponse précise avant de partir, alors, elle a posé la question : Pensez-vous franchement, maître Montussaint, que ça puisse être le cas... ? Elle a hésité avant de poursuivre : ... Si nous admettons qu'il a pu arriver quelque chose à Clémence... ? Il a laissé la question en suspens.

Elle a lâché son avant-bras. Elle savait maintenant ce qui lui restait à faire. Et elle se débrouillerait seule. Si par malheur... ! Alors, il lui a déclaré que, cette fois, il avait une raison supplémentaire de passer la voir. Et le plus vite possible. Ne serait-ce que pour la rassurer. Peut-être aussi, serait-il effectivement intéressant de voir ce qu'il en est du côté de Freddy... après tout, elle avait peut-être raison... sait-on jamais.

Elle a pris son cyclo et elle a pédalé, debout, en dépassant la voiture du notaire, pour lancer le moteur. Maître Montussaint l'a saluée d'un signe de main.

La lumière avant du cyclo, qui tremblotait sur les pavés irréguliers de la place de l'Abbaye, est revenue, traçant une boucle vers maître Montussaint. Le moteur s'est tu. Ma mère est descendue en appuyant la selle contre le pylône du lampadaire, puis elle s'est avancée vers le notaire qui se préparait à refermer sa porte. Elle lui a demandé de la suivre. Maître Montussaint a demandé pourquoi, mais il a dit oui, il a fermé un bouton de sa veste, il a marché jusqu'à la voiture. Elle a indiqué d'un geste le siège arrière, et le notaire s'est penché au-dessus du capot. Que se passe-t-il, Martha ?

Elle a collé son visage contre la vitre. Du dossier, son regard a dérivé sur la banquette. Elle a invité maître Montussaint à faire de même. Il a regardé, lui aussi. Je ne com-

93

prends rien, a-t-il dit, et ma mère lui a montré du doigt le livre posé sur le cuir blanc de la banquette, à la lueur du lampadaire : Regardez... ! Là ! Ce perroquet en couverture !

Le notaire s'est redressé, il a déclaré qu'il en avait pour une minute, qu'il allait chercher sa clé de voiture, mais il s'est rétracté : Eh ben oui, c'est un livre avec un perroquet en couverture, et alors ? ... Et alors... ? a-t-elle répondu, c'est le roman de ma fille ! Je l'ai aperçu en pédalant.

Dans ce cas, ce n'est même pas la peine d'aller chercher la clé, a répondu le notaire. Il ne voyait pas très bien, en effet, a-t-il menti, le rapport entre Clémence et ce livre avec perroquet. Ma mère a mis la main sur la poignée de la portière. Elle a répété : C'est son roman ! Le notaire lui a demandé si elle n'était pas tombée sur la tête, et ma mère a dit : Je sais reconnaître les livres de ma fille !

Elle a exigé de voir le roman. Il a tourné les talons. Je reviens. Il a disparu dans le vestibule. Elle a reposé son front contre la vitre, les mains en œillère de chaque côté du visage, pour scruter l'habitacle, à la recherche d'autres objets. Elle a fouillé dans la sacoche gauche du cyclo, d'où elle a extrait les boîtes de groseilles, une bombe de produit d'entretien et une peau de chamois, puis sa main a tâtonné dans le fond. Elle a regretté, en rangeant le tout, de ne pas avoir emporté sa lampe électrique, comme elle le faisait d'habitude. Le notaire est passé devant elle, le boîtier gris de sa télécommande à la main. Je vais vous montrer, Martha, pas d'inquiétude.

Il a ouvert. Elle s'est précipitée, elle a pris le roman et elle s'est déplacée sous la lueur du lampadaire pour le feuilleter. Le notaire a claqué la portière : Vous voyez, rien d'important.

C'est le roman de ma fille ! Elle a empoigné la manche du notaire qui, cette fois, l'a repoussée, en déclarant d'une voix ferme : Ce n'est pas le roman de Clémence. C'est celui de Paul ! Mon fils a oublié ce livre hier dans la voiture, je crois que, justement, il le cherchait ce matin.

Et moi, je vous dis que c'est celui de ma fille ! s'est entêtée ma mère. Le notaire a claqué la portière : Écoutez, Martha, Clémence n'est quand même pas seule, dans cette ville, à lire cet ouvrage. Oui, a-t-elle rétorqué, mais il est au programme de son examen, Clémence le lisait encore cet après-midi au bord de la rivière, je ne peux pas me tromper.

Il a fermé sa voiture à clé en actionnant la télécommande qu'il a glissée dans sa poche de veste : Ah oui ? Et vous auriez quelle preuve... Ils sont des dizaines de lycéens à étudier le même livre, je vous signale, et Paul l'étudie aussi ? Faux ! a rectifié ma mère, Clémence et Paul n'ont pas le même programme, ils ne sont pas dans la même classe.

Peu importe ! Le notaire haussait le ton. Il a pris le livre. Elle le lui a arraché des mains, pour le feuilleter encore, puis elle l'a tendu sous son nez, en le tirant par la manche : Regardez ! Là ! Si ce n'est pas son écriture ! Elle a mis le doigt sur des annotations dans la marge, comme le faisait ma sœur.

Maître Montussaint a détourné les yeux. Il a réfléchi un instant... : Si vous voulez – sachant que, de toute façon, elle répondrait non –, je retourne chercher Paul. Il va vous jurer, sur ma tête, que c'est son livre, et pas celui de Clémence.

Il ne se trompait pas : Ce roman entre les mains, elle n'avait plus besoin de l'avis de

Paul. Mais elle s'est approchée tout contre le notaire, soupçonneuse : Ça ne me suffit pas, vos réponses... Leurs deux fronts se sont touchés quand il s'est baissé pour lui demander de lâcher sa manche et d'arrêter de la secouer. Jurez-moi, maître Montussaint, qu'il ne s'est rien passé, jurez-le !

Écoutez, Martha, c'est à mon tour, maintenant, de me poser des questions... Sur votre état mental... ! Je ne sais pas ce que ce livre fait là exactement, ce que je sais, c'est que votre fille n'a pas dû partir bien loin... J'aimerais vraiment que vous réfléchissiez, ça n'a pas de sens, tout ça ! Il a posé la main sur le livre : Il ne voyait pas comment Clémence aurait pu égarer ce roman sur sa banquette arrière, ou alors, a-t-il supposé, elle l'aura prêté à Paul.

Ma mère a lâché la manche. Elle n'en démordait pas, ce roman appartenait à sa fille. Personne ne l'en dissuaderait. Elle a rangé le livre dans la sacoche, à côté des roses enveloppées dans leur papier journal. Elle a annoncé qu'elle repartait. Alors, maître Montussaint l'a retenue en posant les mains sur le guidon.

Il a eu un temps de réflexion. Il lui a demandé de patienter une seconde, il avait quelque chose qui pourrait l'intéresser. Il a dit : Je suis désolé, mais je ne voulais pas en arriver là... Il est revenu avec une enveloppe de papier kraft, d'où il a extrait une photographie. Regardez, Martha.

C'était une photo de classe. Ma mère s'est déplacée sous le lampadaire et elle l'a observée attentivement. Elle a posé le doigt sous le visage de Clémence, en grande section de maternelle, à côté de la petite Sonia. Un rang plus haut, c'était Paul. Ma mère a dit : J'ai aussi cette photo. Elle s'est souvenue de l'exemplaire retrouvé par les gendarmes dans la chambre de son cousin après le viol. Présenté comme pièce à conviction le jour du procès : Le visage de la petite Sonia entouré d'un cercle rouge par Freddy. Elle a revu les hautes herbes derrière les usines, au bord du ruisseau, la petite Sonia retrouvée tard dans la nuit.

Freddy habitait bien chez vous à cette époque ? a demandé le notaire, n'est-ce pas... ? Il travaillait comme soudeur dans l'entreprise de serrurerie de votre mari ? Après tout, on pourrait chercher de ce côté-là. Faut pas le laisser faire, Martha. Vous le savez, qu'il est dangereux.

Elle a contemplé le visage de Sonia, puis celui de Clémence sur la photo. Il lui a demandé ce qu'elle en déduisait, mais elle n'a rien répondu. Il a dit que des salopards comme lui, fallait pas les rater. Ma mère a repris son cyclo.

Il est resté devant le vestibule. Ma mère s'éloignait. Il s'est revu quelques heures en arrière, sur le corps de Clémence, dans la chambre, la chose faite. Elle ne se débattait plus. Il lui parlait : Pense à ta mère ! Tu lui diras que c'est ton cousin. Le reste, c'est mon affaire. Ensuite, assis sur le lit, il avait remis sa ceinture, arrangé son col de chemise déchiré. Il avait pensé, je vais la brûler, cette chemise.

Le moteur du cyclo a bourdonné dans le lointain, puis le bruit s'est amplifié à l'approche de la station-service. Ma mère a surgi de la nuit. Elle s'est arrêtée au milieu de la piste, sous le panneau lumineux Shell, voilé par un nuage de moustiques. Elle frissonnait. Elle m'a demandé si j'avais vu Clémence, en ajoutant qu'elle était très pressée et qu'elle n'avait pas le temps de s'arrêter comme elle l'avait promis. J'ai répondu non en me penchant sur sa roue. Elle est repartie, plein gaz.

Parvenue à la maison, elle a refermé la grille de la cour et posé son cyclo devant le garage. Elle a entendu ce même bruit furtif au sous-sol, perçu une autre nuit au milieu de son sommeil. Elle a ouvert la porte. Son cousin était là, assis sur une chaise, la tête enfouie dans ses mains. Le chien, qui furetait dans les coins, s'est couché à côté de lui. Elle a demandé à Freddy où était Clémence. Mais, pas de réponse. Elle a répété sa question. Alors, elle a pris les escaliers, puis longé le couloir, traversé la salle à manger. Elle est entrée dans la chambre. Clémence était assise sur le sol, prostrée, dos au mur, dans un recoin, au pied de sa coiffeuse renversée, parmi les bris de verre et les produits de beauté éparpillés sur le parquet. Ma mère s'est précipitée. Elle a pris ma sœur dans ses bras, en parlant à voix basse, en passant la main dans les cheveux de sa fille.

Elle a décroché le téléphone pour appeler le médecin, la gendarmerie, mais elle est revenue sur sa décision. Elle est redescendue. Notre cousin n'avait pas quitté la pièce du sous-sol. Elle lui a demandé ce qu'il espérait maintenant. Mais rien. Aucun son n'est sorti de la bouche de Freddy.

Il a seulement tourné la tête en entendant une voiture. Une portière a claqué, des pas ont suivi sur le gravier de la cour. Ma mère est sortie. C'était le notaire. Il l'a saluée, j'avais promis de venir très vite, eh bien, me voilà. Vous avez du neuf, Martha ? Ma mère est restée sur le pas de la porte. Elle a répondu que sa fille était à la maison, couchée sur le sol, dans sa chambre. Qu'il lui était arrivé malheur.

Il a regardé du côté de la route nationale, puis, plus loin, à flanc de colline, la voie ferrée, le passage interminable d'un train de marchandises. L'écho des wagons porté par le vent d'ouest parvenait jusque-là. L'aube pointait. Un ciel bientôt blanc à l'horizon. Il a demandé, d'un ton ferme, si le dénommé Freddy était dans les parages. Ma mère n'a pas bougé. Elle ne savait pas où son cousin se cachait, mais il ne devait pas être bien loin, et le notaire a soupiré que c'était une bonne chose. Qu'est-ce qui est une bonne chose ? a demandé ma mère. Il l'a regardée : Qu'il ne soit pas bien loin.

Il a tourné les talons jusqu'à sa voiture, ouvert le coffre, sorti le fusil de mon père. Il l'a tendu à ma mère : J'aurais dû vous le rendre depuis longtemps, Martha, c'est un excellent fusil... Mais il n'est pas à moi... ni à la société de chasse, n'est-ce pas... ? C'est aussi au cas où Freddy reviendrait... Elle a pris le fusil. Il a ajouté une boîte de cartouches. Elle l'a regardé monter dans son coupé sport, démarrer et disparaître.

Elle est retournée voir Freddy et elle a posé le fusil et les cartouches dans un coin de la pièce. Elle lui a demandé ce qu'il faisait ici, dans cette pièce, et Freddy a répondu : Je voulais parler à Clémence, lui demander comment ça allait. J'ai attendu dans la cour... Je ne savais pas si je devais monter. Il a poursuivi : Je croyais qu'elle était seule.

Comment ça, tu croyais qu'elle était seule ?

J'ai entendu quelqu'un qui descendait les escaliers, puis qui montait dans une voiture un peu plus loin. J'ai voulu le rejoindre, mais trop tard.

Elle a demandé : Quelle voiture ?

Rouge.

Le notaire ?

Il a hoché la tête.

Elle s'est installée sur un tabouret, en face de Freddy, dos au mur, pour reprendre ses esprits, réfléchir. Ça a duré un temps. D'abord, elle a dit qu'elle avait besoin de mettre de l'ordre dans sa tête. Mais aussi, elle voulait savoir à quoi il pensait à cet instant. Il a fermé les yeux, il a répondu : Je ne pense à rien, je fais ma prière. Elle a dit : Ce n'est pas la peine de faire ta prière,

Freddy. Mais ses lèvres continuaient de bouger. Elle s'est penchée pour mieux entendre. Un filet de voix. Il a murmuré : Ce n'était pas fermé à clé. Je suis monté dans sa chambre. Clémence était là, sur le parquet... Il a poursuivi : J'ai d'abord attaché le chien. Elle a demandé : Pour ne pas qu'il aboie ? Il a fait oui de la tête : Pour ne pas qu'il aboie. Puis : Je suis resté avec elle, je ne peux pas te dire, Martha, combien de temps je suis resté.

Tu devrais le dire, a-t-elle murmuré, tout me dire... Il a fixé les dessins du tissu imprimé sur la robe de ma mère : Je te dis ce que j'ai fait ? Tu me dis tout. Alors, il a parlé : J'ai dîné à la gare. Ensuite je suis parti au Jolly Café. Clémence était là. Le père de Paul est venu, ils ont discuté tous les deux, puis il l'a entraînée dans sa voiture en stationnement dans l'arrière-cour du café. Ils sont partis. Je me suis assis en terrasse devant le Jolly Café et j'ai commandé à boire. Le patron m'a servi et il m'a demandé à qui était ce livre oublié sur la table au fond du bar. Je me suis levé, j'ai dit, pas la peine de vous inquiéter, c'est à Clémence, et j'ai pris le livre pour le lui rendre.

Ils sont revenus. Un peu plus tard. J'ai aperçu la voiture sur le parking et je me suis approché, avec le livre. Ça a crié. J'ai ouvert la portière du conducteur. J'ai aperçu Clémence. Je n'ai pas réfléchi, Martha. J'ai pris le notaire par le col, je l'ai sorti de la voiture. J'ai dit : Faut jamais recommencer une chose pareille ! Faut pas faire de mal à Clémence ! Mais il n'écoutait pas. Il m'a demandé qui j'étais pour lui parler sur ce ton. Mais moi, j'ai dit, vous savez très bien qui je suis. Attention... ! Si vous la touchez encore... ! J'ai dit aussi que j'allais tout te raconter, Martha. Alors il s'est écrié que je ne perdais rien pour attendre et que j'allais recevoir de ses nouvelles. Clémence a ouvert sa portière, elle est partie en courant. J'ai cherché partout. Je suis venu ici. C'est le chien qui m'a guidé.

Ma mère a quitté la pièce pour monter à l'étage, décrocher le téléphone, composer le numéro du notaire. La belle-sœur a répondu. Elle a mis un certain temps à comprendre qui était au bout du fil. Ah ! Madame Rebernak, encore vous ! Pas encore couchée ? Ma mère a demandé à parler à maître Montussaint. La belle-sœur s'est

105

crispée : Pas question de le réveiller. À une heure pareille... ! Je ne sais même pas s'il est rentré. Ma mère a insisté. Elle a patienté. Le notaire a fini par répondre. Elle a dit : Freddy est revenu... Je me suis servie du fusil. Le notaire a répondu qu'il sautait dans sa voiture et qu'il arrivait. Surtout, qu'elle ne touche à rien. La police, on verra plus tard. Elle a dit qu'elle l'attendait.

Elle est retournée voir Clémence, la serrer dans ses bras... Elle a évoqué la présence du notaire dans la nuit. Clémence a hoché la tête. Ma mère a continué de parler, de caresser son visage. Elle est redescendue voir Freddy, qui l'a accompagnée au fond du jardin. Elle a pris le fusil en passant. Elle est revenue attendre le notaire devant la grille, après avoir posé le fusil contre le mur de la remise.

Dès son arrivée, maître Montussaint a demandé où était le corps de Freddy. Elle a répondu : Sous l'abricotier, au fond du jardin. Ensuite, il a voulu savoir si Clémence avait parlé, si elle accusait Freddy. Ma mère a dit oui. Ils sont partis derrière la maison.

En chemin, le notaire a garanti qu'il saurait parler aux gendarmes, il suffirait d'invo-

quer la légitime défense. Ma mère a traversé
ses massifs d'hortensias en prenant garde
aux fleurs. Sans un mot.

Le soleil se levait. Je venais de quitter la station et je rentrais chez ma mère après ma nuit de veille. J'ai entendu le coup de feu de la route nationale. J'étais à pied. Je réfléchissais au moyen de me rendre plus rapidement à la station-service et à la possibilité, avec mes premiers pourboires, de faire réparer la mobylette laissée par mon père dans notre garage. À la détonation entendue du haut de la rue, un vol d'étourneaux s'est échappé par-dessus les toits. Je me suis mis à courir. J'ai atteint la grille en dépassant le coupé sport de maître Montussaint garé devant la maison. Ma mère se tenait sous l'abricotier au fond du jardin, son cousin debout à ses côtés. Elle n'avait pas reposé le fusil. J'ai poursuivi ma course jusqu'au corps du notaire étendu dans l'herbe, face contre

CET OUVRAGE A ÉTÉ ACHEVÉ D'IMPRIMER LE
TROIS FÉVRIER DEUX MILLE QUATORZE DANS LES
ATELIERS DE NORMANDIE ROTO IMPRESSION S.A.S.
À LONRAI (61250) (FRANCE)
N° D'ÉDITEUR : 5589
N° D'IMPRIMEUR : 1400133

Dépôt légal : mars 2014